走着瞧

◎ 阎连科 著

中国出版集团

东方出版中心

目录

乡记

国言

泰国小佛事

事情久了旧了，倒记得新鲜。

早在多年时候，去过一趟泰国，走了曼谷、清迈和芭堤雅三个名城。城市的样貌，都还依稀清楚，如记得人妖的惊艳一样。还可记得的，是在清迈那个偏城，早上醒来，街上空无他人，腾雾缠绕不止。在那夹缠之中，学佛的青年穿着袍衣，组成浩荡的队伍，从城的这端行至那端，一是为了功课，二是为了化缘，三是为了扩张佛学佛法。

最可记得的，是在那行旅的十天之中，陪同我们走着泰国的，是那面包车的司机。六十余岁，退休了重又返聘开车，为了生存，也为了证明自己身体还好。他每天开车不止，微笑亦是不止。我们早上六点出发，他就擦净车子，五点半在宾馆门口脸上挂笑，紧紧候着我们；晚上十点我们回到宾馆，他就一定要把大家的行李提到每个人的房间。不让他提，他仍然脸上挂笑，却是坚决地不肯不成。而且，无论宾馆、途中、景点，再或某一街角的偶然，只要遇到了佛像寺庙，他都要低头合掌，默念默拜。如是步行，就住脚虔敬。如果开车，在马路上遇到寺庙佛像，就减速慢行，稳下车子，双手丢开方向盘，合掌默拜之后，再握好方向盘，加油走去。哪怕是随意立在路边拐角的如同我们这儿三砖五瓦的乡村土庙，他一样虔诚，一样用功，绝不厚此薄彼。

他信佛。年轻时候也曾在寺庙功课过三年青春。因此，我们吃那充满香料的饭店时,他就在车边吃他自带的干粮、素食和开水。我们说些可乐可笑的事情,对神佛有所不敬时,他依旧面带笑容,不言不语,一脸谐和平静,和什么也没听见一样。我们请他和我们一起吃饭用餐,他不仅不去,还笑着告诉我们,不是他不去,是公司和佛,不让他去。我们给他小费,他也坚决不收,说不是他不缺钱花,不愿收这小费,说他缺钱,想收小费,可雇他的公司和他心守的神佛,都不让他收这小费。

可我们离开泰国的时候,和他告别,什么也没留给他作纪念,他却把我们送到机场,握手言别时候,惴惴羞羞地,从口袋取出几个木制的佛香书签,头端还镶了薄铜,精美到无以言说,怯怯地笑着,给我们每人一个作为念物,说你们都是作家,书签最为有用,回去了记住来过泰国。没有人告诉过我们不要收留别人的念礼,佛也没有对我们说过,与人交往不可收礼的佛法之道。

我们收了他的书签。

至今这木制铜镶的书签,十多年了,都还插在我书桌的笔筒之中。看见书签,我就想到泰国的佛教佛事。想到佛事,我想到佛徒和那位老人。想到老人,我就想到最后别时,他对我们说的那句话儿。他说:"佛说,和人相处,要忘记自己于人的恩好,要记住别人对你的恩好。这十天里你们对我和蔼,总希望我能和你们一块吃饭,我记住这些了,我请你们收下我这个书签做个念物吧。"

现在,也不知那位老人的境况怎样,十几年了,书桌上的书签从来不曾开口说过这些。

意大利难忘二三事

　　《神曲》并不能让我记住意大利。罗马的斗兽场,也被时光在记忆里变得模糊不清,但有那么三件两件发生在意大利的细微趣乐,却总是丰收在望的在脑海里蓬蓬勃勃。

　　那年的九月间,一行人降落在意大利的机场。走下飞机,穿过转机的大厅,看到熙攘的人群,除去肤色、装饰和鼻梁,那剩下的感觉,就是中国乡村镇上的繁华与忙乱。为了不让自己在人群中走失,大家自然是紧密相连,亲密无间。然就这个时候,过来了两个意大利警察,并肩阔步,昂首挺胸,把我们一行拦了下来,用很生硬的英文、中文相杂、相加的语言说:"为了意大利和国际游客的安全,请你们出示护照。"有人的护照装在随身的口袋,那就以诚实为本,慌忙去解自己的衣袋扣儿;有人装在旅行包中,那就住脚弯腰,拉开包链;有人把护照和钱夹装在一起,他就把钱夹取了出来。而那精神帅气的意大利警察,最爱检查的就是藏在钱夹里的护照。就在那两位警察伸手去接钱夹或是护照的那一刻,陪同我们的翻译横在了警察面前,说了一句和宪法一样庄严的话:

　　"请把你的证件也给我们看一看!"

　　那两个警察怔了一下,彼此很幽默地同时在空中打个响指,转身朝别处快步走了。几步之后,又回过头来,对大家一笑,大声说了一句歌功颂德的话:"中国好——中国人比以前聪明了!"

在往意大利另一个城市远行的路途上，运载我们的是一辆半新的中巴车。一路风光旖旎，山峻路窄，海水像国内造假的蓝色墨水。在几个小时的行程之后，大家都在车上困盹睡了，惟我见识浅短，还被那景色慌慌惊着，两眼饥饿地吞食着一路风光。这时候，司机把车开进了路边的加油站里，交了一张加油卡片，就肩靠在加油站的加油器上，取烟、点火，和手拿油枪的工作人员侃侃相谈，不知说了什么，彼此还大笑不已。待油加满了，车要走了，司机把烟头扔在面前的油枪之下，用脚一拧，很飒爽地跳上中巴，又把我们带进了一路旖旎。

路上翻译醒来，我说了在加油站的目染所见，翻译就像哲学家样肃然问我："加油站就是司机的家，一个人为什么不能在自己家里抽烟？"

我反愕然无语。

都知道梵蒂冈是国中之国，城中之城。从那小小的国度走出来，站在罗马的大街上，想那宗教的千丝万缕，想那绘画艺术的辉煌夺目，蓦然回首，望那梵蒂冈的国门立柱和那立柱上的不朽雕刻，那一刻终于被击倒的力量，并不来自宗教的艺术和艺术的宗教，而是对国中国、城中国的奇异与感慨，于是就想到罗马的悠久与包容。因此就更为奇异，在不远处的繁华古街上，还有一个街中之"国"。街道自然是罗马的街道；罗马自然是意大利共和国的罗马，可就在那宽有几米的古街上，在街的两岸都是店铺和吵嚷的热闹里，夹着一座越过几个世纪的建筑，四层高矮，石砌墙面，门窗也都是典型的罗马风格。然就是这幢楼房的双扇红漆古门的上方，插着一面红里透黄的醒目的"国旗"。介绍的人说，那房里的人们，在那房里向世界宣布，他们已脱离意大利建国独立,如梵蒂冈一样成为新的国度,成为国中之国,街中之国。他们的国土,就是那幢楼房的占地面积;国界就是那幢楼的四围墙壁;国门就是那幢楼的双扇红门——你要踏入这个"国度",走进那两扇脱漆国门,也就到了一个新的国家。

当然,从一个国家到另一个国家,那是需要办理护照的。办理护照,是需要一定费用的。

我不知道要踏入这个"国度"的费用需要多少欧元。我只是在全世界同一光源的日暖里,在来往络绎的人群中,望着那街中国的大门,看笑着进去又笑着出来的各国游人。他们进去时手里是三样物品,出来时就成了四样;进去是八样物品,出来就至少九样。因为他们手里都最少又多了一个"新国家"的护照文本。文本也和我们的护照相近相似,有国旗钢印,手掌大小,深红色泽。这让我想到,美国人在卖月亮上的地域,只要你交上一定费用,你就拥有了月球上的一块地域——哪怕你一生不可能去月球上落脚踏土。让我想到,游戏可以这么庄严;而世界上最为庄严的,又大多都是游戏。那一天,站在罗马的大街上,我悟到了写作最为隐秘的诀窍,看到了比写作更为有趣有意的事情,幻想着我写作之外的某种不愿说的未来。

希腊和英国的石头

　　一块石头能证明什么？甲地和乙地的石头除了甲地乙地的差别之外，还有什么不同？能说明沙和土结合的悠久历史吗？石头掷在田野能激起水中的涟漪吗？掷在水面能如木头树叶样不沉而浮吗？还有石头可以充饥解渴吗？石头对一个地质学家来说如获至宝，可对我们它有什么意义呢？正如古长城废墟下的青色断砖，在那废墟的草间，它是一种历史和美，是一个民族的性格和行为，可当它离开那长城的废墟，除了是旧砖残瓦的本身之外，它还有什么可能和意义存在于其中？

　　到希腊奥林匹克公园去，看到希腊人把公园的圣火石用围杆、围绳，团团围着，如围住一堆硕大的黄金。与此同时，希腊人还把公园里所有的石头都堆在一起，砌在一起，给那所有的石头都赋予历史文化的注释和神圣——哪怕地面上随意的一块如核桃般的鹅卵石蛋也是这样——全都保护起来，有人看管，仿佛参观浏览者，都是从他国来的盗石者。可也正因为这种神圣到神经的程度，游客才络绎不绝，纷至沓来，倘若那公园里的石头你可随意踩踏，随意躺坐，甚至在那石头上踩脚吐痰，那还会有人去参观颂赞、唱德歌功吗？

　　我站在奥林匹克公园中一条如河流滩地上石坝般的石磷面前，冥想一块石头的重量，一块石头的高度，一块石头的物形，一块石头的厚度，一块石头的长度，和石头从不思考、不得意、也不委屈的我们人类赋予它们的历史、文化、战争、体育、精神、魂灵以及美丑和端庄、秀丽、简陋、大小、高矮、卑下、高尚的一切人为的含意。石头只知道它是一块石头，除此一无所知。石头并不知它是一块石头，那是人类让它成为了石头。人类让石头有了远近、高下、尊崇和微卑。难道希腊奥林匹克公园的石头真的比我乡村老家河边、田头和房基下的石头更有意义吗？我父亲把山坡上的石头扛回来放在门口，让人们吃饭时蹲坐其上，也让下雨了所有路过的人，在那石头上剔刮鞋上的泥巴。母亲捡一拳头似的石头，放在家里专供我们和客人来了砸核桃使用。姐姐把一块长方形的石头搬进屋里，放在墙下，做鞋架使用。奶奶把石头置于椿树之下，专做捶衣捶布之用。难道这些石头的存在，真的不如希腊奥林匹克公园的石头更有意义？我在那公园的石磷面前冥思苦想，不断疑问，可那公园的希腊人，看出了我的怀疑，断然把我从相距石磷几米远的地方轰赶到了别外一地，理由是我对着某块石头看的时间过久过长。

次年去英国住在一位英国诗人家里，他家距英国石头阵四十公里。他的妻子是位作家、翻译家，他们带我去那石头阵里玩耍游览，说起我在希腊奥林匹克公园的凝石遭际，诗人淡然一笑，到石头阵中的一块巨石上，伸手揭下一块被风雨剥离的青色的石块作为礼物送我。石块不足拳大，无形无状，不方不圆，当时他的举动让我讶然无语，而他妻子却又笑着说，如果飞机让你托运，你可以扛走石头阵中的任意一块。回到北京家里，我把那块石头阵中的碎石，纪念展摆在我家客厅，逢人便说这是英国石头阵中某块巨石上的一块碎石，如同一位八旗子弟津津乐道地讲他的辉煌家族；如一位小说家不厌其烦地讲他未来小说中的故事。而那些听我讲的人,要么不言,要么淡淡一笑,要么不置可否地向我点头。终于到了某一天里,我又向一位朋友讲那石头的遥远来历,朋友心直口快,一刀见血,直抵我思之要害:

"不就是一块石头嘛。绕来绕去干啥?你就说你是作家经常出国不就罢了结了!"

从此后,我再也不向人介绍那来自英国的一块石头了。

布宜诺斯艾利斯的风光街景

在中国作家中,不知道博尔赫斯、没有读过博尔赫斯的一定会羞愧惭颜,这无异于自己长大之后忘了兄长的姓名一样。到阿根廷的布宜诺斯艾利斯,怀着对博尔赫斯的崇敬去寻找,结果看见和发现了如下风光:

1. 无论是我们的大使馆还是阿根廷的陪同人员,皆都不知博尔赫斯何许人也,更不要说有人知他故居何处了。通过上网查寻,找到布宜诺斯艾利斯有家图书馆的名字为"博尔赫斯图书馆"。驱车赶去,到图书馆问一工作人员:"博尔赫斯故居何处?这图书馆有没有博氏的生平展出?"那位美丽的小姐,瞪大眼睛反问我们:"博尔赫斯是谁?"又找到图书馆的一位负责人,翻译说他是图书馆的副馆长,再问同样话题,副馆长同样睁大眼睛:"博尔赫斯是不是一位诗人?"

2. 在布宜诺斯艾利斯的总统府前,看到总统府门口的两个哨兵,一个把枪靠在墙上,蹲在地上低头做着什么,很像瞌睡;另一个把枪揽在怀里,肩膀倚墙,半闭眼睛,确像瞌睡。而三层楼的总统府的楼群顶上,布满了中国上世纪八十年代房顶上如蛛网般的电视天线。电话线你来我往,就从总统府的窗前和街上自由穿过,宛若亚马孙河岸上荆枝藤条的横竖纠结。

3. 街边报亭的杂志上,许多杂志的封面都是那浪漫的红色战士切·格瓦拉的画像。切·格瓦拉作为象征,被印在许多衬衣和帽上,还有很多广告上,像几十年前中国人人处处都佩带、拥有毛泽东的画像样。可毛泽东只是领袖,切·格瓦拉还多出一个身份:是明星。

4. 在布宜诺斯艾利斯最繁华的商业中心,我突然听到两声枪响,惊怔之中,看到一精瘦的年轻人,从我身边飞奔而过,五六位肥胖的警察,在后边紧追不舍。其结果是后者的肥胖没有追上前边的精瘦,无奈之余,所有的警察都朝着天上开枪。十几分钟后,我弄清了这道风光的前因后果,原来是那个精瘦公然在繁华闹市抢劫商店,而且抢劫成功。

5. 去一景点游览的路上,中巴车离开市区时,那位阿根廷的司机,突然把车停在路边,下车到一咖啡馆的门口,盯着咖啡馆里的电视一动不动。一刻钟后,他笑着回来说:"阿根廷队进了一球。"那一整天,他的心情好极。我们的心情也极好。

6. 在离开阿根廷的前一天,到布宜诺斯艾利斯近郊的玫瑰公园里。那公园里安葬着这个国家几乎所有近代以来以诗人为主的文人、名人们。诗人是玫瑰公园不败的玫瑰。小说家和其他门类的艺术家与名人,都是那些玫瑰的枝叶或玫瑰边围的绿草。而博尔赫斯的雕像则以诗人的身份林立其中。因为对他寻找的辛苦,我率先去与这位小说家合影留念。把目光盯着镜头那一刻,看到了公园里玫瑰盛开,一片红绿,浪漫像海洋般滔滔卷卷,而最为整齐古板的,反倒是博尔赫斯的文字了。

亲爱的，西班牙[*]

一

我把世界地图从墙上揭下来时，如同把我的生命从鲜活的人生中抽了出去。死亡，对我已经不再是一种恐惧，而是一隅花好月圆的景区。现在，我已经决定要朝那个景区坦然而去了，就像死亡朝我相向而来样。在死亡到来之前，我唯一要做的，就是选择一下结束我生命的那个地点和时间。如同乡村的人选择黄昏时投井，都市的人选择落日时在郊外卧轨，我在我的写字台前，铺下那张有三平米大小的世界地图，用抛硬币或石子的方法，来选择我死亡的地点和时间。

窗外依然昏暗干燥，九月初的夏末秋端，北京天空就久恒地呈着炊烟的灰暗，永永远远，洗不干净的抹布般。脏、污染和秩序掩盖着的混乱，已经成为这个城市徽章似的标志。连续的三朝五日，既无雨，也不见太阳，但又不是阴云雾漫的气候，在这个庞然偌大的都市，已经习常为秋来叶黄的必然。我朝窗外看了一眼，把地图铺在了我那张连天扯地的写字台前，又看着六色五颜的印刷世界，从墙壁上拖带的微粒尘灰，黑黑的迟缓下落消失后，屋里终于宁静至除了十二层楼下立交桥上车

流的嗡嗡细音，余皆就是我已失去活着意义的隆重呼吸和轰然心跳。

我已经把手伸进口袋里，摸到了一枚硬币。已经决定，如果抛起后它落在俄罗斯辽阔的大地上，我就搭乘飞机到莫斯科，下机后直奔莫斯科红场的方尖碑，爬上去一头从方尖碑的顶端栽下来；如果落到美国的某处繁闹间，我就死在纽约或者华盛顿。落到了英国、法国或德国，我会选择泰晤士河、埃菲尔铁塔或者日耳曼民族没有推倒、留下作为念物的那段柏林墙。我幻想我以巨速冲刺的力量冲向游人如织的柏林墙时，不同肤色的人，会不约而同地用各自的语言发出各种怪异的尖叫，之后，他们共同看到的是一摊流液的血红和一具东方人的尸体，而后是长久的沉寂和惊愕。而我，苍白扭曲的脸上，呈现的是一个最根本的了然而止和戛然的解脱。

当然，从我心深之处说，我希望硬币落在非洲或拉丁美洲的哪个国家里。非洲我去过肯尼亚和南非，拉美我去过阿根廷和巴西。非洲无边的沉寂，会让我的死显得安详而平静；拉美悠然自得的散漫和知足，会让我的死亡如叶落水流样自然和清寂。我希望我手里的硬币落到肯尼亚的原始森林里，让我死后成为马赛人的邻居或友人，成为动物世界的陪客和一员。希望落到拉美亚马孙河的岸边上，然后纵身一跃，消失在亚马孙的河流里或遮天蔽日的热带雨林的植物间。

我开始把我的手从口袋掏将出来了。

那枚五分钱的镍制硬币在我手上沾满了黏黏的汗。

世界地图在我眼前，让我想到我母亲在我第一次结婚时，为我准备的巨大的花床单，也让我想到我的老家陕西省，那儿的少女、少妇死去后,会在她们身上的白布下,被穿上她们生前最爱穿的花裙和花袄。现在,这由红黄绿蓝构成的地图,成了我生前最后的选择与去处。我的手从口袋出来时,有一股半灰半黑的凉意掠过了我的手心和手背。我站在地图的左边上,非洲和拉美的绿色,混合着大西洋和太平洋刺眼的蓝,让我的向往如风如云样朝那掷过去。我没有如电影、电视的情节中,轻生者有类似选择时那样,把眼睛做作装假地闭起来。

我紧盯着眼前这边非洲的南非和肯尼亚,也盯着地图那边蜿蜒如丝的亚马孙河,它从巴西、秘鲁、哥伦比亚缠过去,分岔到厄瓜多尔、玻利维亚和巴拉圭,如遗落在秋天土地上的一根不肯着黄泛白的草棵和藤绿。

我终于把手从裤口袋处抬到了腰际间。

我祈祷这枚硬币不要滚落到亚洲的哪个国家里,更不要落到中国这块鸡状的红黄里。我期望我能把生命结束在遥远世界的某一处,而不是亚洲的韩国、日本、越南、老挝、泰国的哪儿去。日本、韩国、泰国对我来说太过熟悉了,而印度那儿虽然是死亡的去处和选择,但充满宗教气息的恒河的流动,让我感到了死的繁忙和单调。我是一个没有宗教信仰的人,我不想让我的死攀亲附高地和宗教扯在一块儿。当然说,我最担心的是,硬币会落回到我自己的国家里。如果那样我就只能如我预想的——从天安门城楼或八达岭长城的那个最高的瞭望台上跳下去。那样儿,我的死就带有政治色彩了。可是事实上,我的死除了与我的命运相关外,它和政治、信仰、文化的关联就如同非洲大地上被太阳蒸腐的动物的死尸和北极冰雪的融化没有直接的关系样。

我的死只是我想死。

这是我深思熟虑后的必然选择和归处。我已经把一封厚厚的遗书写好了,它就在我写字台的桌角上,开头是俨然而规整的一句话:"我的死是因为我想死,任何人不需要调查和疑问。"

现在,我又望了一眼桌子上装了我遗书的那个牛报纸的灰信封,终于就把我手里的硬币抛在了半空里。三天两夜没熄的吊灯光,似乎比往日更为炽白明亮了,乳色银泽的光亮里,抛起的硬币在半空打着旋儿越过我的头顶后,在天花板边闪几下,如同登山用尽了力气的人,由快至慢,最后在离地两米高的空处犹豫一下,停顿了水泡破裂那么一点一滴的工夫后,突然掉头从空中落下了。

上抛时硬币走的弧线,下落时它转而成为垂直了。而且速度由递减换成了递增加速度。

落在地图上的一瞬间,硬币先是响出了金属和纸的碰撞声,继而是金属和石材地板的撞击声。前者的声音中有空洞的竹木音,后者中有脆而颤动的闹钟声,只不过这两种声音的间隔仅有宣纸那么柔软的厚,几乎完全叠混一起了。可是我,还是从中捕捉分辨出了那种声音丝差毫别了。黄昏的宁静,让我可以辨别那声息,也让我听到朝我走来的死亡的足音,如云在飘动样,正从世界的哪个方向、国度朝我移过来。硬币是准确无误地落在了非洲的乞力马扎罗山脉上,由深向浅地朝莫桑比克、马达加斯加和毛里求斯岛快速滚过去,轧过印度洋、穿越大西洋的一片岛屿后,最后拐个弯,由大西洋绕至地中海,上岸后在一个类似衣架上撑挂的三角裤头似的国度缓慢着滚动立下了。

倒去了——

那是西班牙。

硬币当的一声,倒在了这个国家最中心的马德里和塞哥维亚的中间地段上。

西班牙,它令我熟悉得犹如我熟悉我的后脑勺,随时伸手都可摸到它,斗牛、足球和弗拉门戈舞,还有世人皆知的小说《唐·吉诃德》和《小赖子》,可它令我陌生得也如我的后脑勺,我终生都可以摸它而无法直面它。它的肤色、发茬和后勺内的深度和深刻,我无法得知它,也不愿认识它。仿佛它的存在和我没有关系了。

我从来没有想过我要把我的生命结束在西班牙。

那是一个我似乎熟悉反倒陌生的国家和去处。硬币的选择让我觉得唐突和无奈。我站在地图的正边上,望着三角裤头般的那个国度的艳黄和热辣,想到我应该用三抛二胜的方式再选择我死亡的去处和归宿,而不应该就这样偶然地因为硬币的滚落就选择西班牙。

我没有弯腰去西班牙捡那枚硬币儿。我顺手从桌上拿起了两枚回形针。回形针是不会滚动的。我认定,它落在哪儿,哪儿就是我命运毫不犹豫的选择和确定。朝天空看了看,我把一枚回形针朝上一抛,在转瞬即逝的工夫里,它就落下了。可我明明抛的方向是拉美的天空,然在它落下时,却是落在法国和西班牙的交界上,而且那两厘米长的回形针,只是别在法国国土一点儿,三分之二竟是别在西班牙北部韦斯卡的山脉和林地。

我有些惊奇我的命运对西班牙的钟爱了。

惘然地在那站一会,朝后退两步,把眼睛闭起来,将另一枚锃亮的回形针捏在手尖上,深深吸一口气,重又呼出来。我把这最后一抛用了双倍的力气迅速抛后撒开手。我听到了回形针撞着天花板的钝响和落在大理石地板上脆朗朗的音。我知道，这一抛因为我过度用力已经抛偏了，回形针并没有抛在地图的上空与顶端，而是抛在了办公室中央靠西的天花板上去，而地图是铺在靠东窗口我的写字台前的。

我把眼睛睁开来，朝地图上看了看，又去靠西宽阔的地板上找那最后落下的回形针，只见地板上除了纤尘不染的洁净外，就是我扔在那儿的报纸和杂志。

那儿压根没有那枚回形针。

把报纸、杂志收起来。把目光落在一边的茶几沙发上。再把沙发前的波斯地毯掀起抖一抖，最后趴在地上让目光钻进沙发下。当我一无所获地站起回身后，我的眼睛上扎了一条光亮的刺。沿着那光亮走过去，再次站在世界地图前，锥心刺目地看到那枚我没找到的回形针，在靠西的大理石地板上着地后，没有朝茶几沙发那儿跳，而是弹跳回来再次落在了西班牙国土中间马德里和塞哥维亚之间的那枚硬币上。

竟然就落在那枚硬币上。

回形针的光亮和硬币的白色融在一块儿，如阳光和石灰的雪白融在一块样。因为回形针的长度大过硬币的直径一些儿，多余的部分便直指西班牙的首都马德里。

二

关于我的人生与命运，死因与过去，我都点点滴滴地用黑色圆珠笔，写在了A4的打印稿纸上。密密麻麻的七八页，大约四千五百字。A4纸作为遗书被我装订起来后，像我公司装订整齐的策划合同书，现在它就以信封为棺材，躺在我的随身皮包里，又似一部人生纪实般,在我似睡似醒的头脑里,一页一页地翻动和修补着。

言简意赅说,我出生于 1969 年。1974 年读小学,1982 年读高中,1985 年考大学。落榜后复读两年才考到北京的工艺美院里。为考学我所付出的努力,只有天知道,地知道,我的心知道,连我的父母都无法体会一个乡村青年为命运所付出的心力交瘁了。1987 年的考学成功,不是因为我的学习成绩上去了,而是我用两年时间学美术,特别是素描的那点幸运与天赋,把我一推再推地送到了那所坐落在北京东城的校区里。我不知道读大学的四年间,我的学习算努力还是算敷衍,在学校不显山露水的日日夜夜里,同学们谈得最多的不是画笔、色彩和创意,而是就业、工资、房子和女人。毕业后我在北京悠晃一年多,迫于就业和生计,回到了陕西渭南起座在黄河古道的那个县城里。因为学美术,就进了县里文化馆,一个月 400 余元的工资刚够我租房和吃饭。这时候,我认识了我的第一任妻子吴碧霞。她是文化馆的文物室的保管员。因为她可以提供我吃饭和住宿,我们认识了,也就结婚了,顺理成章如瓜熟则蒂落。然后呢,然后就是平淡无奇的婚姻和日子。就是那块沙漠贫地上滋养我渴望富有的贪欲再次的发育和膨胀。

我们住的是文化馆的办公室,厨房用油毡和碎砖搭在门口房檐下。我们曾为谁家的客人来得多了打过架,也为在商店服务员多找我们十元钱夫妻笑得一天一夜合不拢嘴。就在这期间,1995 年,县里发现了一座并不大的古墓葬,在城南荒野里,经所谓的县内的考古人员发掘后,那古墓里除了几根粉末腐骨外,还有几个铜镜、瓦罐和断剑。在陕西,任何一个县、乡和村落,发现了古墓文物都如在荒野地里挖掘出了砖块和石头。欧洲的文明大多在地面,让人一目了然,瞠目结舌,感叹历史原是可触可思的物。而中国,文明多都埋在地之下,历史刻埋在墓壁墓室内,腐气弥漫的坛坛罐罐的价值犹如欧洲文明史中的羊皮书。

那年的夏天里,吴碧霞掌管的五间库房的木架上,又多了几个瓦罐和青铜器,如农家秋收后的屋檐下多了几个葫芦南瓜样。可在三天后,那个库里新进的三个瓦罐和两个铜鼎不见了。警车和警察在令人心慌的笛声中,开进文化馆院内文物室的门前边,全县城的人就都知道文化馆的国家二级文物丢失了,都明白那些坛坛和罐罐,原是汉朝的历史和文明,是价值连城的器具与宝物。

吴碧霞被警察带走时,我正在房檐下的厨房做面条,看见她的脸上呈着惨白色,一缕被汗湿的头发挂在额门上。她最后看我时,眼睛里的光色阴郁而潮润。

就是这时候,我手里的菜碗落在了地面上,当啷啷碎裂的声音,让那年夏天文化馆院内的奇静有了许多诡异和不安。我目送着吴碧霞被两名警察架着胳膊推上警车时,其实院里所有的目光都在望着我。

那天的深夜里,吴碧霞从公安局的审讯室里回来了。天色黑得泼墨般。听见拿钥匙开门的响声时,我慌忙起身去把门打开。一间十几平米的小房子,缩在这个世界上,又被我们用苇席隔成了里外间。里外间的灯光都亮着,光亮宛若夏天黄昏的落日色,虽有红黄染在屋子里,却是亮堂到拉了距离也能看清吴碧霞脸上汗珠的晶莹和肤色的惨白与无力。她本来是那种瘦小的人,一副无所谓好也无所谓丑的通常脸,然在那时候,她的脸因为扭曲,丑到了可怕的境地里,如同人死后还没整形那一刻。进屋后,她锥刺刀剜地看了我一眼,挤着肩膀从我身边擦过去,有一股浓重如山的汗味从她后背落进屋子里,随后她就打开门里墙角的水龙头,咕咕咕地喝了一通生冷水。

我说:"桌子上有我给我放的凉白开。"

她没有看我,也没有搭理我,到里边坐在了床沿上。

我跟了进去站在她面前:"他们把你怎样了?"

她又一次抬头盯着我,像盯着一个不相识的人。

我拉过椅子坐在她面前:"他们打你骂你没?"

她把嘴唇咬一下,用轻而冷硬的声音逼着我:"是你偷了那些文物吧?"

我瞟了她一眼。

她把声音放得柔和些——

"我们是夫妻,你给我说实话。"

我朝她点了一下头。

她把眼睛睁大看看我,默过一阵后,扭头看了一下哪:"你不打算把那文物交出来?"

我又点了一下头。

她说:"你要那些干什么?"

"我要做生意。"说过这一句,我从椅面朝地上滑一下,过去跪在她面前,声音变得颤抖如汽车开在搓衣板似的路面上。"这样的日子我过够了,我要把那文物卖掉做生意,开公司。我要让你我过有新房有车的好日子。要让我们将来的孩子到贵族学校去读书。要让所有的人看见你我眼里都是羡慕的光。"

跌跌宕宕地说完这些话,我等着她的赞同或反对,附和或阻拦,可她只是看着我,把她额前的头发捋一下,说:"睡觉吧,天已经不早了。"

　　然后她就和衣倒在了她与我同床共枕了三年的床铺上。

　　至来日,她起床、洗脸、梳头,上街给我买回了豆浆和油条,然后着,无言无语地离开家,走出文化馆,自己朝公安局的方向走去了。

　　这之后,她被判刑了。

　　在她三年有期徒刑居监劳改的日子里,我再次离开了那小城到了北京去。我如愿以偿地在北京开了一家所谓的广告公司后,认识了毕业于服装设计学院的顾婷婷。她端庄秀丽,读书期间设计的服装参加法国组织的国际服装节,在巴黎拿过二等奖。我们烈柴干火,一见钟情,相爱中关了广告公司,注册了天马云裳服装设计制造总公司。用我从那个小城偷运过来的泥罐和青铜器,变卖后在京郊租房买地,又开了服装加工厂,从此生意就如日中天,虽没有打造出如皮尔·卡丹那样的名牌来,但设计生产的童装和廉价女性时尚装,却也曾一个集装箱、一个集装箱地运往意大利、俄罗斯、美国和拉美的秘鲁和智利。

　　吴碧霞出狱后,我的钱就像溪流一般流进公司银行的账户里。和吴碧霞离婚的同一天,我和新妻顾婷婷的女儿降生了。在北京那座有两千万人口,三百五十万辆轿车的城市里,天马云裳服装设计制造公司算不得显赫和了得,和那些做房产、地产及证券股票的公司相比较,天马云裳只是三百五十万辆轿车中跑的一辆豪华车,但我王书平,到了这时候,我的人生之愿基本实现了。十年的拼打,让我有了两套别墅、三辆超豪轿车和一个下有三百多人的公司和服装加工厂。有了我心满意足的妻子和女儿,有了可以让我的老师、同学见了倍感意外的尊崇和敬重,有了家乡的县长、市长到了北京都常要登门拜访的荣耀和地位。我没有想过要做京城第一巨款人,但我和妻子念念不忘的,是想要让我们的服装卖到美国的大街小巷和欧洲男男女女身上去,想要中国那海洋般的服装市场里,无处不在地有着天马云裳制造的上衣、裤子、裙子和围巾。

我们把京郊的一个服装加工厂,用三年时间扩建为四个服装生产加工厂,还把这些厂子直接开办在离码头、港口较近的海边上。当这些厂房、机器、宿舍和工人都齐备开始生产时,当扩建生产的新装码满仓库等着往天津、大连、青岛的码头运输时,先是来自欧洲的所谓反倾销,再是云黑雨稠、房倒屋塌的经济危机如海啸般在一个星球上的滚动和漫延。那一世界蒸蒸日上的繁荣,一瞬间就烟消云散、林毁花落了。

原来,天马云裳服装设计制造公司也就是一片风雨林地中一棵草,随着无数订单的退回,它就像人走屋空一样不得不关门倒闭了。

所有的工人在没有领到缺欠他们三个月或是半年的薪水后,他们把工厂的机器、窗户、桌子、电线和所有能变为钱财的物品扛着抬走后,我的妻子、女儿也风来雨到、恰到妙处地带上离婚证书和我们的全部财产弃我东去上海了。

她是上海人。

她说她在干燥肮脏的北方从来就没习惯过,重新回到生她养她的那个湿润的都市是她后半生的梦。天马云裳的巨亏给了她一次机遇,就像上苍在她命运中重新开了一扇门。

她跑马占地、云开日出地在上海很快有了新的公司和公寓。也有了新的男人和爱情。

　　在此前,因为债务和来自法院的债务判决书,我们说好彼此到街道办事处来一次假离婚,把婚前、婚间可动和不可动的财产都移到她名下,也商定七岁的女儿相随财产跟着她,待公司从法律文书上确认倒闭后,我们再择时复婚过日子,再东山再起经商开公司。可当财产、女儿过户完毕了,离婚证书拿到了,她郑重地对我说:

　　"王书平,我是真心想和你离婚的,复婚的事情我求你以后别提了。念在我们夫妻一场的缘分上,什么时候你有困难我都会帮助你。"

　　离开那一天,她出现在我的办公室,站在我铺过世界地图的老板桌前边,说的最后一句话是:"算我对不起你了。为了我,你知道的那个男人他人到中年还未婚,现在我不能不到他的身边了。给你一个机会吧——眼下,要么你把我掐死在你的办公室,要么你过来和我握一下手。"

　　我过去笑着和她握了手。

　　就在我和她握手告别的那一瞬间,死的念头冰冷狂躁地跳进我的脑海里,从此它就生根开花地再也没有离开过我。

三

　　我的死亡之地确定在了西班牙的马德里。

　　既然命运这样安排了,我所做的只能是沿着命运的导引,迈着双腿向前就是了。我们有太多的能力和智慧来改变现实与世界,而唯一不可改变的,就是人生命运的预设和安排。

去西班牙的签证不是我拿着一封西班牙的邀请函和各种证明信到西班牙使馆排队去签的。我找到一家专门负责西班牙和法国旅行的签证公司后,将四张二吋白底的照片和两千块钱交出去,一周后他们把签证护照给我了。

10月10日法航的 AF125 航班在午后一点起飞时,我才知道航班并不直接到达马德里,而是途经巴黎转机先到西班牙的巴塞罗那,再到马德里。我不知道事情为什么会这样,机票是签证公司帮我代购的。既然在世界地图上的三抛都落在西班牙,而且在一枚回形针和一枚硬币叠在一起落在马德里,毫无疑问说,马德里就是我命运的最后归宿了。我计划到那个陌生的都市里,选择一个高处或一条河流我就跳下去。也许我在马德里会安心地吃顿饭,在某条大街上转一转,也许下了飞机后,某辆出租车把我随意地拉到马德里的哪家宾馆内,只在宾馆的阳台上朝大街的景色望一眼,我就从那个阳台朝着大街下跳了。我不知道我会死在马德里的哪,但我知道我在西班牙,不出三日五朝就会把自己的生命断路截流掉。

可是,现在的飞机是要先到巴塞罗那了。

那就先到巴塞罗那吧。既然死心一定,早一天晚一天已经没有那么重要了,就像一个人决定要登到生命的绝峰去,多走一步少走一步又有什么关系呢?我的机票是公务舱,从天马云裳第一次有了国外的订单起,乘飞机我就不再走进经济舱里了。坐在我旁边的是一位去中国旅行归回的西班牙姑娘,她约一米七〇的身材和其欧洲人特有的硕胸与丰臀,让人想到那个国家的饮食和土地。坐在我身后的是一个由二女三男组成的学者、作家代表团,男性皆中年,女性皆青年,是中国统称的一代“八〇

25

后"。如果在往日,我会对这个作家团略带有神秘和崇敬,毕竟我大学时的专业是文科,虽学的是广告设计,可老师总在课堂上讲文学。毕业到现在,广告美术设计早就被我弃去了。奋斗了十年的钱、色和公司,让我看谁都如骗子的伪装和演戏。街头站在红绿灯下向司机伸手要钱的残疾人,你若知道他存折上的钱款数,你会吓得倒吸两口冷气说不出话;穿名牌有专用司机替自己开豪华轿车的人,也许正为逃债而四处奔波着。当官的为做不出亲民的样子而苦恼,百姓为在电视和生活中见不到暴乱而怨愤。就像所有的动物被赶在一个山坡猎养的圈兽场,除了相互撕咬和倾轧,剩下的就是争相的逃离和哀鸣。

现在,我终于在哀鸣之后逃离出来了,可以坦然自由地去命运给我安排的那个死亡之地了。不用为银行的巨额债务而接到法院的传票就心慌不止了。不用为因还不起那些贷款和逃税如我的前妻一样准备去居监劳改三年五年了。不用为妻子、女儿、爱情、婚变而苦恼痛心了。也不用想到十二年前因把我的第一任妻子抛弃留在内心十二年的不安了。一切都已过去,如风吹云散般,我的头脑中除了死,余着的是干净素洁茫茫一片的雪。一切都已开始渐次地分手解脱了,犹如在树上累了一春一夏的叶,纷纷下落的轻松把我深深淹没在了公务舱的座椅上。从飞机离开北京首都停机坪的那一刻,我浑身都在弥漫着一种渴望死亡的轻松感,待把行李放入行李箱,把座椅调至可以半躺的沙发状,让身子陷下去,我就像一个精疲力竭者躺入了宽敞的棺材一样舒展和自在。身边的西班牙姑娘,把她除去托运外的大包小包安顿好了后,到我身边朝我笑了笑,用英语说了你好又问我去哪儿,是旅行还是去经商。她的英语生硬如还未成熟的果,但却带着白金白银的脆响和吸引力，脸上的灿烂配着那令欧洲人自豪的金发与碧眼，还有一身随性而穿的大红上衣和放开却又在脚脖处缩紧的浅蓝的裤，让人无法猜测她的身世与经历，也难以判断她准确的年龄与性格。对于东方人，西方女人的年龄似乎总在模糊中，你以为她很大，她却还小在青春少女里。你以为她很小，她却说她已是两个、三个孩子的妈妈了。我以礼貌的姿势欠起身子朝那女郎笑了笑，用更加生硬和酸涩的英语加表情，告诉她说我去西班牙。说我去西班牙不知做什么。

她要坐下的身子僵住了，脸上的表情如同一块板。

"你说……你去西班牙，不知自己做什么？"

我朝她点了一下头。

她怔怔，木板的表情松开了。

"幽默。你真会幽默的。"

她说着，也把自己陷在了座椅里。

我郑郑重重望望她，不置可否地朝她苦笑笑，又把身子仰躺回去了。以为事情也就到此结束了，一对同机行程的人，可以一路说下很多的话，也可以彼此不言不语，沉默至生来与死去。更何况，我俩彼此间语言不通，双方使用的英语，都如不会种田的人操持人家的锄头犁耙般。可我没想到，飞机起飞后，她又突然扭过头来用生硬的英语问：

"你真的，不知你到西班牙要干什么吗？"

我有些郑重其事了："我知道。"

"是不便……告诉我？"

"便。"我说，"我去死。我想死在西班牙的马德里。"

她脸上淡红的好奇顿然消失了。回味了一会我的话，那淡红灿然如刚燃的火苗遇到了冰，双唇紧闭一下子，习惯地耸耸肩，双手心向上做个怪异摊开的姿势后，也把身子仰进座椅去。

事情就这样开始，也这样结束着。

我的回答似乎让她沮丧而又有一种不祥感。接下去是喝水、吃饭，乘务员给大家发耳机。这一连串的过程中，每次乘务员对我的询问，我的回答都是木然地摆摆手。当我的木然到了让别人不可思议时，女郎听到我身后代表团里那位陈姓的学者用西班牙语和乘务员的讲话声，这勾起了她在中国旅行后言犹未尽的感受和兴趣，起身到我后边和学者知己知彼地攀谈起来了。他们彼此流畅的西班牙语音，如同交汇在一起的两股叮咚流淌的溪流或河水，时而汩溽，时而奔放，宛若一对久别重逢的情人或亲人。而我，占有着她留下的安静与宽敞，终于把眼睛闭起来。

半个月，整整半个月，我因为对死亡的考虑和安排，没有真正踏实地睡过觉。现在，我可以在死前踏踏实实睡上一觉了。公务舱里那些中国、外国的商人、官人和旅人，他们各种语言的事谈、扯闲都与我没有瓜葛和纠纷。我的生死去留也与他们没有任何的关联和纠缠。只是身后的那个作家代表团，他们在以虔诚认真的态度谈论文学时，让我感到是那样的不合时宜与别样，如在婚庆喜宴上，有人穿了一身孝白色，或如在一场丧白的葬礼里，有人故意穿了一身喜庆的大红样。

四

到巴塞罗那是夜里十点钟，时差六小时，而我真正转机、飞行用的时间是一天间的三分之二多。下了飞机后，所有的旅客，都如越狱样纷纷朝外逃,惟我独自着不慌不忙像一个人睡醒后并不急着起床般。

　　走出机场时,我又碰到作家团中那个叫劳马的作家在路边抢着时间抽他的烟,彼此点了头,想说什么没有说,我就朝出租车的方向走去了。和一个流浪者不需要思考自己的墓地在哪样,出租司机问我去哪儿,我在刚买的巴塞罗那旅行图上随手指一下,那天晚上我就住在了神圣家族教堂边上的酒店里。那酒店说不上豪华,也说不上贫寒,大堂里的雕塑和壁画,让人猛烈地感到你确实不在东方了。地上油黄的石材和墙上古朴素洁的纯白与各房门口挂的小品现代画,透出了西班牙人对艺术的热爱和品位。还有走廊上、电梯上、墙角处和客房的床头、帘侧、厕所,全都挂了大小不同的画框和艺术品,似乎让你觉得你不是走进了宾馆里,而是走进了用宾馆改建的美术馆。因为我曾经在北京工艺美院读过书,我对那些作品有一种天然的亲近和热情。因为到巴塞罗那不是为了游览和艺术,而是死前的绕道和驻足,这使我对那些小品画只是淡然看了看,就倒在床上了。

　　把头歪在窗口那一边。

　　我看见窗外巴塞罗那十月的夜空蓝得如假的一模样,仿佛是有人在天空着下了水彩的染。清寂的大街上,有酒吧的音乐传过来。那音乐带着水润柔美的潮湿,轻缓轻缓犹如中国苏杭的绣绸飘在街巷里。如果不是为了死,我会沿着那音乐的方向,去到某个酒吧间,坐一会,喝一杯,用刚好可以让自己与人缓慢交谈的英语和谁说些啥。可是呢,因着为了死,我已经没有那些雅兴了。我只是从床上直起身,过去把窗子推开来,看看三层楼下那道依然灯火灿然的小巷子,看看远处的巴塞罗那城,建筑群中不息的灯光,点点滴滴,星罗棋布,让那个城市又平添了浪漫与青春,如因不会衰老而风韵永存的女性们,为自己的美而骄傲,才永远在自己的头上、身上挂满了珠宝首饰。在飞机上,我看一本有关巴塞罗那的画册与文字,我知道这个城市的性格与中国的上海相近了,浪漫、细腻,无处不在地有着阴柔的美。可是,对上海我已经没有往日的情感了。顾婷婷在上海那个城市把我的心和情感当成一件过时废弃的衣服脱下来,一刀一剪剁碎绞成了布条布片儿,使我对"上海"二字连提也不愿提一下。因此间,当我想到这个城市与上海的个性时,我有些厌恶地把窗子关上了。

我不打算把我的生命留在巴塞罗那这个城市里,就如同我不愿再踏进上海一步样,因此在巴塞罗那我没有多想我的生与死。似睡似醒的一夜后,缘于在大一的课堂上,到过西班牙的美术老师总是把西班牙称为美术的天堂园,而把高迪的现代建筑设计形容为,高迪每每动笔设计时,上帝总是站在他的身旁握着他的手,像一个父亲握着儿子的手教他写字画画样。因为既然把死地最终选在了马德里,确定在了三朝五日间,那么说,我是有时间到巴塞罗那的街上走走动动的。

我就首先去看了神圣家族大教堂。

在那教堂前,我只是觉得人的小。这小不小在人的身材个头上,而小在人心里。人心只是一粒可生可灭的肉,而教堂是一座永恒的人心归宿处。人心中装满了人生时,教堂是每个人人生烦恼满过生命的器物后,让你永远也装不满的生命烦恼的大库房。人心如果是世界,教堂就是宇宙了。人心如果是宇宙,那么教堂就是让人心永远生灵并博大的养生扩展器。只是在于我，因为心已经死过腐干了，教堂不便与没有血丝流液的心灵交往了。教堂虽然可以容纳任何死过的心，可死过的心却不愿与教堂交往了。

10月11日，落在西班牙天空中的日光透着诱人的金银色，叫人觉得这个国家和城市，是被黄金白银包围起来的。圣家族教堂在阳光下呈着岁月的灰黑色，一柱一柱伸进天空的塔囱上，挂了日光炫目的亮，还挂有日光和塔囱顶尖的私语与密谈，你仔细去听时，能听到它们对时间和生命的议论与评判。缓冉地绕着教堂走一圈，看那因为褪色反而更为庄重神秘的教堂外围的浮雕和色彩，你把自己当成游人时，直接感叹的不是那建筑的奇幻思想和对艺术天门洞开的高迪的悟，而是感叹东方建筑、东方艺术的不如人，想浩大的中国，泱泱五千年的文明史，为何没有一个半个高迪的这样的人和半座、十分之一座神圣家族教堂这样的建筑物。而你不把自己当成游人看，而当成一个精神恍惚者，当成一个对生命的意义彻底沮丧或对其意义终于顿开升华者，你走在人群里，听不到一句游人的议论与感叹，你只能听到教堂与时间在反反复复地说，人活着是因为教堂存在而活着。教堂存在是因为世界上有神圣家族这样的教堂而存在。

可在我，虽然听到了教堂、时间和生命的对话声，却只是对那声音半嘲半讽地笑了笑，没有走进教堂的内部就走了。我不打算爬上教堂跳死在巴塞罗那这个城市里，也不打算让我的心和教堂有什么交流与对话。中国人不善把心门打开让上帝走进去，而更善把心门关起来，把神和上帝关在门外边。

我就属于那样的人。

我只在神圣家族教堂感受了高迪的现代设计对流动和金钱

的贪求与欲望。高迪在建筑设计中,最大的愿望是想把水流直直地竖在天空里。其中对哥特式和伊斯兰风格、复兴和罗马式、拜占庭和巴洛克的借鉴,只不过都是他竖在天空的河流岸边的石头与沙灰。从神圣家族教堂到高迪设计的古埃尔宫和古埃尔公园,再到多曼尼克·伊·蒙达内尔和卡达法尔克的建筑处,用一天的时间,我终于听到了天空中流动着的建筑的水,而自己只是那竖起的流水下的一杆腐木或柱子。随后再踏着黄昏的落日和虽秋依绿的街巷中的树影,打车到了哥特区,步行到位于兰布拉大街东部的哥特广场,穿过那些狭窄而曲折的街道和这个城市黄金时期留下的宏伟大厦和纪念碑,有意无意地绕过 1992 年巴塞罗那奥运会时留下的场馆和纪念物,到海滩边上时,我看到了令人忧伤而动人的一幕了。

太阳就要落去时,在碧蓝辽远的海面上,海水如金汤般荡动起伏着,沙滩上闲散的游客横躺竖卧,仿佛所有的人共居在一张漫无边际的床铺上。那床铺上的巨大褥单是无瑕无污的沙滩的浅白浅黄色。在海滩的岸边上,连为一排的酒吧,把咖啡色的音乐和带着浓烈音乐韵味的咖啡香,排山倒海,又步步为营、有序有列地推到海滩和酒吧屋前长长的木条镶制的路道上,使那条宽敞悠长的木道,五线谱一样流动而诗意。就在这木道上,有一群孩子背着书包、带着巴塞罗那的时尚风帽,踏着旱冰鞋,风驰电掣地滑过来,又电驰风掣地滑过去。他们无忧无虑,旁若无人,从他们身上抖落的绛红色一团一堆的快乐,像在晨时迎着太阳起飞的鸟群和落日中翔动在海面的鸥。

我想起我那已经将近八岁的女儿了。

两个月前我还给她买过一双童用旱冰鞋,还曾带着她在公司门前教她滑旱冰。可现在,那双旱冰鞋被扔在我家那已经成为他人房舍的杂物间,像谁家不穿的鞋子扔在垃圾箱里样。望着那一群耳朵里塞着音乐耳机,脚踏旱冰鞋飞翔在海滩边的异国的男女孩子们,我很想去摸摸他们的头,摸摸他们的脸,问一问他们都听的是什么音乐与流行,是不是像中国孩子们都共同崇拜一个台湾偶像歌手样,他们也崇拜一个西班牙或者欧洲的流行音乐家,永远把偶像的声音,视为是上帝对自己的耳语而不愿把耳塞从耳孔拿下来。

我真的想去摸摸他们脸。可我手在口袋摸到的是宾馆工作人员推销给我的一张去看斗牛的入场券。

我有很多理由不去看斗牛,哪怕那个塞给我斗牛票的印裔服务员连续三次说,到了西班牙,不看斗牛和弗拉门戈舞,就等于你没真正到过西班牙的夸张和推销语,可当我想到在死前空余的时间里,其实干什么和不干什么对我都是一样时,我把那张涨了价的门票接到手里了。因为斗牛是在巴塞罗那和马德里之间的萨拉戈萨小城里。因为萨拉戈萨正值他们的皮拉尔节——专门向圣母玛丽亚的献花日。因为看到面前飞翔的孩子总让我想到我再也见不到的女儿时,我起身从一家酒吧屋里出来了。坐在不见忧愁的海滩边,品着咖啡望着无际的海面和情侣的生活,与我已经格格不入了。

我回了宾馆去。

在客房取出女儿的照片呆呆望一会,因着时差我爬在沙发背上睡着了,醒来时,脸上竟挂有两行儿泪。剩余的夜时不知我该干什么,就在屋里百无聊赖到天亮,便退房到了巴塞罗那火车站,乘高速列车去往萨拉戈萨小城了。

两个小时后,那个小城如期而至地到了我面前。走进小城里,迎面而来的是我对中国新疆的印记和留忆。也是那样辽阔无边的疆域和荒感,也是那样时时而起的风吹与透蓝的天。荒漠中的树都因风而成团圆状,建筑也都是土黄色。可这毕竟是西班牙的萨拉戈萨城,而不是中国新疆的边域里。新疆边域时时有风,那风里塞满了石粒、沙土和尖利的刺耳声。萨拉戈萨日日也有风,那风却清净无杂,如流过来的水。新疆干旱酷烈,而萨拉戈萨的城里却有一条巨大纯净的河。西班牙人认为这个小城缺水而干旱,而在我看来,这个小城的水源多到了可以让小城漂浮在一面人造大湖里。走进城里去,空气是湿润的,人情是温暖的,世界在恰静中如同中国乌托邦中的桃花源。事情如推销给我入场券的中年妇女的诚实一模样,城里果然是盛大欢狂的皮拉尔节。从乡村赶来参加节日的西班牙人,无论男女老幼,皆都手持鲜花,穿着他们的盛装舞裙和各式的装套。街头上到处是背着自酿酒囊的汉子和小伙,到处都是正在接吻拥抱的小伙和姑娘。你走在街的这一边,而那边接吻的艳响会鸟语花香的啁啁啾啾传过来。你在吻声四溢的响声中走过去,让鲜花的香味水泄不通地围着你,一扭头,便看到人群潮去的教堂广场上,巨大无比的鲜花堆,架起来似乎耸在云里边,仿佛圣母会到那鲜花高到山峰时,而踏花走进人间里,和人们谈话与歌唱,说闲与踏舞。

　　我没有随着献花的人群到那鲜花广场上。我沿着这小城的河流从城的这端到了那端去,吃了一些当地的烤肉后,又从那端踏着街巷到了斗牛场。建在教堂不远处的斗牛场,大约是完整无缺的上世纪的建筑物,据说可以容纳三万人。待我依时进去时,那些对斗牛热衷到疯狂的西班牙人和部分的游客观众们,已经急不可耐地焦虑在了席位上,如同一场足球决赛推迟了运动员的入场时,让观众纷纷地吹着口哨看手表。然而这场让人等待的斗牛是如期开始的,在下午三点整,观众们在黄亮的灯光中,也在斗牛场上铺满细碎黄沙的色泽映射里,待那鼓噪激越的斗牛音乐响起后,嘹亮的喧哗顿时消然了。安静如一场暴雨息后等着日出的乡村样,穿了裹身服饰的几个斗牛士的助手便首先走出来,做了他们惯例的动作和表演,红白色的斗牛就从入口处被赶进来了。不消说,斗牛不是中国的耕牛和奶牛,其暴烈躁急是它的秉性和血液。我们不知道斗牛为何会对红色那么警觉和厌恶,一见到红布就要冲过去,宛若一个真正的士兵见了血就会忘记生死样。它的忌讳和仇敌,就是偌大场地中四处飘舞的红。如果让一个陌生而善于思考的人去了解喂养斗牛的经过与缘由,我想一定会发现喂养斗牛的过程是充满着多少阴谋和算计,方才让一个无辜的牛犊变成了剽悍的斗牛的。它一出生就被安排了被斗牛士刺杀的命运和陷阱。主人对它一切的好,其实都是为了未来的利益和斗牛场上观众的喝彩和笑声。而它的成长和驯悍,表面是为了对死的反抗和争斗,其实这一切,都被人类的恶习与阴谋笼罩着。斗牛士和观众达成的共识是并不给它一场真正的斗,而是给它斗的表演和假象,以满足人们意识中,本就好斗和对胜利渴望的恶念与虚荣。所以,从斗牛入场的那一刻,它就用狂奔的方式沿着一条人类阴谋的道路向前冲去了。让它在斗牛场上迎着红布的方向冲向东,冲向西,跑得气喘吁吁时,再无情地在它的背上刺上两支木柄剑,使它黏稠殷红的血浆汩汩地从剑口冒出来,流过背脊淌在沙地上。表面看,这是用血来激怒它的斗志和魂灵,使它更用生命的力气去战斗,而其实则是,让它生命的力量从血口释放掉,待斗牛士出场时,它只还空有战斗的愿望而缺少战斗的意志与力量。

我们无从知道在斗牛的一生中,它要经遇多少人类的阴谋与伎俩,但它至几岁的壮年时,待从郊外的牧场被汽车拉进城里的斗牛场,它每向前一步,都会必须、必然地踏进它的主人给它预设的陷阱里。这是一生都踏着陷阱向前的勇者和勇士。待它背上的鲜血梅花点点地在沙场洒下一线一片时,那位着装华丽,以舞步为勇气的斗牛士终于出场了。

掌声雷雨般地落在斗牛场。

他为那掌声而兴奋。为嗅到斗牛场斗牛的血气而激越和昂扬,仿佛在他的一生中,生来就是为了血腥而投入自己生命的。掌声里,他是用不易觉察的眼神观看了斗牛场上沙地的血浆多少的,用观众不可知的他的经验去看了斗牛背上的剑深的。他可以从斗牛场上血味的浓淡和斗牛背上剑伤的深度来判断斗牛耗去了多少生命和力气,可以从斗牛的眼神和跳起冲刺的牛蹄中获取斗牛灵魂的硬度和精神坚韧力,从而估算斗牛身上残存的力气与其秉性赋予它战斗力的大小与多少。待这一切估算都在他的表演中清晰后,被他导演的一场力量与伎俩悬殊的战斗开始了。弯腰、闪跳、回身、快捷的移步和将红布在腰间、头顶的挥舞与展摆,似乎一切都是随机的,其实一切又都是有过训练的预演和编排。表面是生死一瞬间,实则是谁生谁死都早就写进了剧情中。如同人总是牵着牛的鼻子样,只要把剧本的因果逻辑不因过分的疏忽而松散和漏洞,戏的高潮总是在斗牛的伶俐愚笨中到来和表现。而那斗牛士,总是抓住斗牛瞬间直来直往的思维,以夸张的姿势,把自己扮演成身轻如燕的勇士和智者。一闪一躲间,斗牛从他的腰间扑空过去了,他从被人以为危在寸毫的生死边缘从容不迫地跳跃出来了。于是,从当年罗马斗兽场遗存而来的人类丑陋残酷的好斗性,以血为花的人性之恶,以文化、习俗的名誉得到了满足和延展,掌声从看台上如玫瑰般盛开和献出。斗牛士脸上傲慢的笑,以人类英勇的荣誉绽开并灿烂。数万观众的掌声,冲荡着灯光的亮色而波光潋滟,笑声四溅。看台上是飞舞的金发和响指。斗牛场里是绵密浓稠的血味和剑影。空气中的音乐节奏欢快。音乐中的空气荡动而跳跃。而这混乱欢狂的到来,皆源于斗牛在血将尽、力已竭的那一刻,斗牛士以阴谋的红色让斗牛朝自己迎面冲来时,他箭步一跃,让手里的剑准确无误地从牛背前处的某条骨缝恰到好处的刺进牛的心脏里,使十几分钟前还健壮的一条生命,在一瞬间倒地毙命了。

那雷雨狂欢的掌声,就是在一个生命沿着阴谋的方向,路尽而死后,突然炸响的,经久不息的。在那掌声中,斗牛士依据裁判对自己表演的评判领到了替代奖章、奖杯的一只牛耳朵。他举着牛耳得意地向观众鞠躬谢场时,如明星捧着鲜花谢幕一模样。

一场斗牛是要有六个斗牛士刺杀六头斗牛作为完整的。表演的程序尽皆相同,但因每条斗牛的重量、力气、秉性和爆发力、耐力的不一样,斗牛士在斗牛场上的演出也发生着不同与变化。有的斗牛因其生理和血脉流向的不同,助手最初把带着木柄的长剑刺入牛背时,牛血会喷向天空,如一条血虹,在空中溅起再落下。而有的牛则刀进血出、不飞不溅汩汩潺潺,流个不停。

我坐在圆形看台正北的中间位置上,清晰地看到了第二头斗牛被第一刀剑刺中时,它皮肉的哆嗦和眼神里一瞬间的不安和不解;看到了第二刀剑刺进时,它目光中的哀伤如云如雾地缠绕与飘落;而那第三刀剑刺进时,红布在它眼前开始更加频繁地晃动了,它的哀伤变成了愤怒,开始追着红布奔袭腾挪了。恰恰就是这种奔袭与腾挪,让它的肌肉骨骼不断地活动与挤压,鲜血伴着生命便从那血洞流淌消耗了。

我希望斗牛一上场,第一刀剑刺中后,它就如一只小鸡样死去倒在沙地上,而不用拿自己生命的力量去换取斗牛士的傲慢和作为人的观众的喝彩与欢笑。

我希望斗牛既然可以在血流中战斗到最后一秒钟,那就在某次奔袭抵抗中,用自己头顶的双角,抵中作为人的斗牛士的腰,把他高高地抛起再摔在沙地上。

我希望观众在站起鼓掌时,会不慎跌倒滚进斗牛场,发生一场意外,让一场斗牛不欢而散,如一场演出因停电、大雨样不得不散场。

我希望我能如战争中的将军,和平时期的总统,可以任意修改宪法,制定法律,强制通过一项西班牙的宪法修正案,让斗牛从此自人类的生活中消失掉,而把西班牙所有的斗牛场都改为剧场、体育场或者艺术展览宫。

我希望我能坐在斗牛场的第一排的贵宾席位上,而不是在遥遥远处的看台最中间,看到作为生命的牸牛被人类的恶习戏谑时,而仅仅是双手捏汗,束手无策,就像一棵树望着飓风到来一样无奈和悲哀。我所有的希望在观看斗牛时,都如海潮般汹涌而来,又如海潮般退去。望着西班牙人面对血迹和生命的狂欢,我无法把斗牛场内的西班牙人与斗牛场外手持鲜花向圣母献去的西班牙人联系在一起。我无法想象他们是同一国度、同一块土地、同一种历史和文化滋养起来的同一民族的人,更无法想象他们中间,有无数刚才还在向圣母献花鞠躬,而转眼就坐在斗牛场上,为一个生命的消失和血流飞溅而鼓掌。我在第三头牛背部连中四刀而血流只溢不溅时,看到斗牛士的助手要把第五刀剑刺下时,躁动不安地从席位上莫名地站起来,待身后的观众用西班牙语和英语呵斥着我坐下时,又泄气的皮球样,软软地坐在了席位上。然在第三位斗牛士最为精彩和掌声不断地表演中,以为他可以让斗牛一剑毙命而尽早结束这种丑恶时,他却失手连刺三剑都没有让那头红白相间的斗牛倒下去。

斗牛浑身颤抖而目光呆滞地站在斗牛场的一侧上,斗牛士因连续失手有些羞愧成怒,恨不得以自己的目光代为利剑,准确无误地刺入斗牛的心脏里。就这一刻,牛背上刀剑一片,叮当碰撞,沙地上红血浆浆,泥泞水水,空气中人的呼吸和血味缠绕纠结,场地里死亡和生命争争夺夺,吵嚷不息时,在斗牛士从助手手中接过第四剑要用平生的力气与技巧刺入牛背的缝骨直抵它的心脏深处时,我再次从座位上一跃而起,冲着看台下的斗牛场和斗牛士,狂乱地大唤着:

"你朝我的身上刺——让我替它死在这儿吧!"

"你朝我的身上刺——你让我死在这儿吧!"

我的唤叫嘶哑而响亮,在斗牛士举剑用力的短暂寂静中,斗牛场的上空如因为寂静而引来了闪电和雷鸣,一瞬间把宽阔厚重的寂静撕破了,使所有台上台下的目光都朝我排山倒海般地推过来。他们听不懂我的狂呼和唤叫,不明白在一个身处西班牙的中国人身上发生了什么事,转眼都从看台上旋而站起身,用以西班牙语为主的各种语言唤着和问着。这当儿,对我的唤叫声五颜六色,质疑声此起彼伏,斗牛场上仿佛戏到高潮处时有一枚炸弹轰然炸响了。我对这些质疑和唤问,不管不顾,旁若无人地由看台中央跳到看台的过道间,再由看台的高处沿着台阶朝下跳跃与飞奔,撕心裂肺地对着斗牛士呼叫和请求。

"你把我刺死在这儿吧!"

"你把我刺死在这儿吧!!"

然后如运动员样冲破各种语言、语音的惊异尖叫的防线与不解,纵身一跳,跳过斗牛场高大坚实的观众隔离墙,跌倒后爬起来,面对十几米外斗牛士僵在半空的亮剑,把我的胸膛迎着冲去了。

这时候,似乎斗牛场上不同肤色的所有人,都已明悟将要发生什么事情,慌乱偌大的看台上,又轰轰隆隆安静下来了。世界如同彻底死去般,寂静再次伴着惨白惨黄的惊恐,铺天盖地地漫在斗牛场。在这死静中,我看到我的脚步声,如雷一样炸在斗牛场的沙地上,看见我的呼吸急促而坦然地朝着剑锋卷过去,看见我这些时日朝思暮想的愿念终于要相遇死亡、迎向死亡了。我看到死亡沿着斗牛士的剑锋来伸手拉我那一刻,斗牛士本能地朝后退一步,把他已经挂着我上衣的剑尖朝下压一下,那剑锋就秋风擦着枯黄的树叶般,朝着地面调头退去了。

而我身边背伏四把木柄刀、三支钢锋剑的魁伟的斗牛,在我冲到剑前的那一刻,它望了我一眼,便如倒塌的一架山脉样,轰然地倒在地上死去了。

在它结束自己的呼吸前,它用最后的力气望望看台上座无虚席的三万多观众,眼睛上挂了两滴硕大浑浊的泪。

五

10 月 14 日,我已经没有任何理由不在马德里结束我的生命了。

如在巴塞罗那和萨拉戈萨一样,我在马德里的地图上,随手指一下,请出租车把我送到距那一指最近的酒店里。入住后的第一件事,不是习惯中开着所有的吊灯、台灯和壁灯,查看一下房间设施的好与坏,而是从六楼爬到十二层的顶端去,看那楼顶是否适宜我在最宁静坦然的时候跳下去。因为那儿楼顶封闭,没有留下通往顶端的梯道,我从这家宾馆很快退房了。到了第二家,到了第三家,直到第四家位于马德里阿尔古埃区的 HOTEL TIROL 典雅古旧的宾馆里,我看到第八层的楼顶开放而通畅,往前去是宽敞的平台和低矮的砖护栏,只要我把身子倾一下,就可以倒下落去了,把生命结束在一条繁华的大街上。往后去,是一处用实木铺建的阳台和健身房,楼下是一条清澈的河流与林地,跳下去我会永远安静沉默在丝毫无人打搅的水边林木下。

我选择这家宾馆住下了。

我心满意足地选择好了我结束生命最后的期限、方式和地点。然后,我如一只流浪于天涯他乡的狗,白天沿着我对马德里一知半解的道听途说信步地走,平静而不慌不忙地品评着这个城市的街道、树木、建筑、花园和路上遇到的每一群人,最后我把这个世界上著名的城市感觉为,它不是一个男人,也不是一个女人。它不像巴黎和巴塞罗那样充满着成熟女人的浪漫与情调,似乎每时每刻都在向行人抛着媚眼和飞吻。也不像希腊的雅典和意大利的罗马样,仿佛一个苍老的学者,高高地站在或坐在可以面向世界的讲坛上,闭目不言,却又道尽了人类的历史、文化和哲学。伦敦是一个饱经沧桑却又衣冠楚楚的中老年,柏林是经过了无数战争并多处中弹却没有倒下男子汉。而纽约,则是在草窝宿了一夜的乞丐来日醒来时,双手却从梦中抓住了金条的暴发户。世界上所有的城市,其实都是一个人。有的是长者,有的是孩童,有的是婊子,有的是嫖客,有的是盗贼,有的是被偷后无力还手的懦夫或只会哭泣的小姑娘。

　　而我所匆匆认识的马德里,它不是一个人。它是一个男性和女性拥抱时,而永恒在一起的一个结合体。那男人读过无数的书,那女人有过许多浪漫最后终于把心缩回在了最为优雅的平静里。那男人有过无数的跋涉与阅历,那女人贤淑大方,每天都把一个乡野的家园收拾得山清水秀,生机勃勃。那男人二十几岁,充满青春的朝气,随时都会告别和出发,而那位少女嫣然一笑,用她的深情指了指为小伙准备好上路的衣物、钱两和思念。

　　在马德里,男人是一棵树,女人是一片湖。

　　男人是一条游动的鱼,女人是一条奔流的溪。

　　男人是餐桌上的鱼和肉,女人是醇美的葡萄酒和橄榄油。

　　男人是一柄剑,女人是可以抵挡剑的鲜血和盾牌。

　　男人是哭泣的孩子,女人是抚喂孩子哭泣的母亲和姐姐。

　　男人和女人拥抱在一起时,时间停顿了,河水滞流了。他们结合在一起,看去是两个人,其实是一个人;看去是一个人,却有各自跳动的心。这就是马德里的神力和魔力,是马德里与众不同的独有和深邃。

　　我去游览了马德里的太阳门广场和王宫,去品味了普拉多博物馆、索菲娅王后博物馆和市中心的雷蒂洛公园。在那些建筑并不出众的博物馆里,每一张价值薄弱的画都可以让一个中型企业兴起或倒闭;每一张价值厚重的画,都可以提升一个国家、民族的艺术高度和文化自豪度。马德里有权力为拥有那些油画而得意。马德里有权在拥有三个世界顶级博物馆后,而朝当今世界艺术蔑笑和讥嘲。也许它拥有得太多了,反倒物极必反到每张价值连城的画都可以让观众轻视和抚摸,拍照和录像,甚至包括毕加索曾经寄存在美国的巨幅《格尔尼卡》(Guemica)。当年这位世界的怪才说,一日西班牙没有民主和自由,一日就不要把我的《格尔尼卡》送回我的国家里。这幅人类灾难的史诗画,宽3.5米,高7.8米,画面中是1937年4月26日德国空军对西班牙巴斯科重镇格尔尼卡狂轰滥炸的血凝与坟场。毕加索奋笔怒彩地描绘着法西斯主义对人类的迫害与侵蚀,也因此,毕加索有了《格尔尼卡》这样一批正义、愤怒的杰作而被后人不仅称为是伟大的画家,还是伟大的知识分子和艺术家,是上帝有立场、有思想的儿子和我们人类有灵魂思考的代表者。1975年,西班牙获得了民主与自由,《格尔尼卡》心遂人愿地从美国回来了,作为镇馆之宝挂在索菲娅王后艺术中心的二楼六号大厅里。可是它因为回来了,它的国家除了对它拥有的骄傲,就不再像当年渴求它回来时那样珍重和爱戴。拥有者忘了画作作为一件物品也是会呼吸、要营养、知冷知热的生命物,呵护与爱惜,会延长物品的生命力,会让画料和颜色在时间中细胞活跃,韧力强劲,不至于让我们过早地发现色料的衰退和腐蚀。

说起来，这也都是杞人忧天的事。

一个人拥有珠宝太多了，他必然会视珠宝如同沙砾样；也如同每人只有一次的生命，必然会对生命的存在与死亡慎加考虑样。

还有普拉多的博物馆，在那里我看到了 16 世纪埃尔·格尔柯大师活灵活现的超现实主义的代表作，看到了西班牙画家委拉斯开兹的《宫娥》和《腓力四世一家》。而在普拉多，真正令我最为忧伤和震颤的，是戈雅年轻时和他年衰以后画作的比对和参照。这种比对与参照，宛若把一个鲜活的青春肉体摆放在濒临死亡的老者身边样，一个是充满生命活力的幼树立在肥沃的田野上，一个是根须枯竭的腐木倒在河流边。《穿衣的玛哈》和《裸体的玛哈》，以女性来自魂灵的美丽与诱惑，让观众内在的激情迅速冲出压抑与理性，张扬显露在眼里和脸上，让人想到当年某个贵族的夫人每天都把绯闻弄得马德里三月桃花、四月柳絮般，满城红粉飘舞，街巷花事纷纷。而到了戈雅的晚年时，生命之灯将要耗尽的年月里，他的《黑色绘画》，表面是黑褐和扭曲，而内里却是死亡的笼罩和无奈。

世界上几乎每一个人都无法理解同一个戈雅为何能画出判若两人两世的鲜活、欲望和完全不同的枯槁与死亡。但世界上一定有一种人理解和看到了《黑色绘画》中在无奈与死亡背后的言说与色彩，这种人在每天游人如织、每年游人海水汪洋的人群里，十年不会有一个，二十年也不会有一个，甚至三十年、五十年，《黑色绘画》和戈雅也不会碰到那样一个人。

这个人就是看完绘画就决定死去的人。

他在死前，命运决定他去一趟西班牙。决定他去一趟马德里。决定他到戈雅的《黑色绘画》系列面前站一站。在普拉多博物馆，我像一枚飘叶在秋林中随风起落般，风行而行，风息而息，并不怎样的着急和热情，只是缓步地走着和看着。我的那些水浅水白的美术绘画的常识，仅仅是让我比一般的大众游人内行些，如同在陌生的城市，我大约可以分辨出西南与东北来。就是到了看到戈雅的《裸体的玛哈》，也只不过内心有着零碎的冲动和欲念，然那粉淡的冲动和欲念，小到如同春来时，旷野上初发的一嫩黄芽儿，随便的一物一脚，或者一点微寒和干旱，它都会退回土地去，死在旷野的某地里。可到了普拉多的三十五号厅，在昏暗幽黄的灯光下，戈雅满墙满壁的黑色绘画如同一堵黝黑的火车向我开过来，隆隆的灰暗，如飞沙走石的乌云朝我压下了。让我的周身本能地哆嗦几下，双脚咣当一下僵在了厅口处，仿佛一个人走在光明的大街上，转过一道胡同后，突然进了一道墓穴的洞门口。

《黑色绘画》展厅没有几个人。那几人鲜活的呼吸都被画面中枯干的老人和将死的孩子以及那单调的褐、灰、黑的颜色如旱沙吸水一样汲走了。剩下那微弱呼吸和不敢挪动的脚步，无疑是害怕打扰画面中可以看见的离人将去的魂灵的飘升而小心翼翼、蹑手蹑脚的。

我相信，那几位游人观客，在《黑色绘画》面前，是已经感受到死亡和来自墓穴门口的冷风了。他们专注地眼望着画面，仅只是为了一种警觉和逃生，而脚下的轻微和谨慎，仅仅是为了不惊动《黑色绘画》上雾缠藤绕的垂危者魂灵的纷飞和张望。

他们就那样谨小慎微地瞟着满壁的黑色走过去，到出口的光亮处,每个人都望着窗外天空的明亮深深吸了一口气。

而我,这个准备把生命丢在马德里的人,看到戈雅的《黑色绘画》时,突然收住脚,片刻后又迅速朝着那些《黑色绘画》扑过去。我的呼吸声急促欢乐,脚步声颤抖动荡,手心里莫名地有了激烈的汗流和哆嗦。本来垂着的双手,在哆嗦中猛地抬到了腰际间,就像见到了一个久别重逢的人,要快步上前握手样,我朝那充满着死亡气息的绘画冲将过去时,又本能地把手向前伸了伸,有触有感,真真切切地触觉到了我伸出去的右手被一股冷气握紧了,如一只温暖热烫的手指被巨大冰块的寒气猛然吸住了。

就在那一刻,我似乎读懂了戈雅暮年这一大批关于死亡与无奈的《黑色绘画》了。

似乎在那画的后边,站着的老人戈雅,也终于等到了一个真正懂得他的暮年和死亡绘画的人。他从画后蹒跚着脚步走出来,紧而又紧地拥抱了我,在我的左脸吻一下,又在我的右脸吻一下,以颤抖兴奋的声音说:

"孩子,年轻人,你让我和我的画等你等了一百多年啊!"

然后我就默然地站在那些绘画前,盯着那些画,盯着画面飘移的死亡和灵魂,搀扶着一个绘画老人干瘦如柴的手和因为死亡带给那手、胳膊、躯体和衣饰上的冷气与寒凉,从这一幅画走到另一幅画;再从另一幅画走到下一幅画。穿越那画表面前所未有的灰黑的色调和技法,到那画后寻求每一幅真正的意蕴和内在,便看到了在每一幅的灰黑后,都隐含着洁白如纱、鲜活如血的一行字:

懂得活着,就先要死去。

我不太明白那话真正准确的意蕴是什么。我望着戈雅老人的脸，从他那深暗幽洞的眼神里，看见他的目光炽烈光亮，如西班牙这个天高云淡、秋高气爽的季节里，原野上无遮无拦的阳光样，和《黑色绘画》的色彩完全的两极世界。在他已穿越过死亡之后明快的目光中，他用我从未见过的老人睿智的目光看看我，嘴角挂了一丝柔美的笑。

　　戈雅说："真正的绘画都是梦，而且是噩梦。"

　　戈雅说："真想要活着必先死，只有死去才会懂原生。"

　　戈雅说："回去吧，东方人，年轻的孩子，你是一百年来听到《黑色绘画》隐秘声音的第二个人。"

　　我问他："那第一个人是谁？"

　　戈雅说："我自己。"

　　我从普拉多博物馆回来了。

　　因为时间还宽余，我没有坐出租，没有拿地图，也不打算用我笨拙的英语去问路。我凭着我对马德里方位的直感朝我住的宾馆走回去。因为我已经和戈雅老人说好了，说黄昏到来时，我就从我住的宾馆八楼跳下去，以死来体会生，从死中察看生。我想象我从八楼纵身一跃时我会彻底顿悟《黑色绘画》的真正含意和戈雅老人给我说的两句话：

　　　　真正的绘画都是梦，而且是噩梦。

　　　　真想要活着必先死，只有死去才会懂原生。

　　我反复地咀嚼着这两句话，想着《黑色绘画》系列中那来自戈雅在噩梦里的感受、经历和画面，以为我一定会走错路，一定最后不得不从口袋中取出宾馆的名片地址问人路，可我却鬼使神差般,没有走错一点路,来时从出租车上看到的街心花园我又看到了。路边鱼人的雕塑我也看到了。甚至在一个街角广场上全裸的行为艺术我也再次遇上了。

到宾馆门前时,刚好黄昏的落日,在马德里西端的高楼上,像西城楼顶托着一颗画家鲜活、巨大、血淋淋的心。

我从容地望了落日后,不慌不忙地走进了宾馆内。

在大厅我和前台一个棕色的中年妇女工作人员点了头,从容地踏上电梯上了六楼里。

走进客房洗了一把脸,喝了一杯水,把所有的行李收拾好放在行李架子上,又把那装着我的护照、信用卡和零用欧元以及我详尽写着我死因的遗书的黑包放在我的黑色行李箱子上,并且在要离开房子时,又打开那个小的黑包瞅了瞅,确信装着我遗书的牛皮纸中号信封还竖在皮包里,确信信用卡上写的取钱的密码还在卡面上,确信钱包中的欧元足够我在马德里的三天两夜结房费,然后,我最后在镜前照了一下我脸上的坦然和平静,便出门朝八楼走去了。

我上了八楼顶。

八楼顶后的实木平台上,有一只白鸽子,我来后它对我咕咕了几声飞去了。它飞去的方向正是我要下跳的地方,那儿落日艳照,天空透明而宁静,有几丝白云绸带样挂在半空里。楼下河边的野草,腰深肩深的高,不算洁净的河水,呈着戈雅晚年绘画的黑灰和神秘。河对岸的林地里,从静谧中漫出的细碎的声响,如同羽毛在风中的舞动和碰撞。有一股清冽水润的草气、潮气和阳光的温暖,从楼下的河边升上来,飘过来,拉住了我的手。

我朝平台的边上不急不慢地走过去。

到平台的边上时,我想起一件事。想到我把生命结束在这家酒店后,清寂了然,无人所知,正是我求之思之的所去与归处,但我在客房留下的钱数与计划,是让酒店今天都发现我死的,今天就按我留下的钱款,去结完我的住宿款项的。我已经在桌角的一张纸上写好了我住宿的天数和留下的钱,当然也给西班牙人留下了处理我后事的费用和麻烦费。想到我希望就在今天,最迟明天请西班牙人把我的后事处理完毕时,我在后平台犹豫了片刻后,又到宾馆顶的前部平台了。

我担心死在楼后三日五日无人知,那样我就欠下宾馆房费了。

这边的平台上铺满了青色的地板砖。

马德里阿尔古埃区的街巷、树木和人流,在落日中如它街头业余画家为生活所迫画的风光画,流动而默然,安静却热烈。阳光的余晖依旧红得如洒在街道上的血。风在这条街上吹着却如丝毫没有响动的水。我已经看好了,我应该从八楼下两棵树的中间落下去,落在宾馆大门左侧的人行道上去。我应该等着那一群不知来自哪儿的黑人由南向北过去再下跳,不致跳下后,让警察把本就苦难的黑人带去问半天。

我朝楼下望了一会儿。

我又朝宾馆左侧移了两步远。

再最终朝平台前二尺高的栏墙靠了靠,让我的膝盖抵住了又潮又凉的砖栏墙。

整个的马德里,在我最后的目光中都成戈雅晚年的绘画色彩了。

我把身子朝前倾过去,如同用死念压下我抬着的头。我的膝盖把护栏的砖墙抵得更紧了,有一粒突出的砖碎硌着我的膝盖,像刀割着我膝盖上的肉,若不是裤子也许那刀会在我膝盖上割出血。

痛与不痛对我都已经没有意义了。

流血不流血,也已经没有意义了。

我再次把身子更往前地倾了倾,就像要把自己悬起浮在半空中。就在这我准备把双脚的脚跟用力向上一抬倾跳下去时,楼下酒店的门口忽然出现了几个人,他们的身影与声音,因为身在异国的西班牙,在眼前使我感到熟悉得如同是我的衣物从身上落在地上样。

我有些恍惚地朝楼下望过去。

他们竟是我来西班牙时同机的那个作家代表团,竟和我住在同一家宾馆里。

他们疲惫地从哪儿回来后,在门口遇到了和我同机并排的那个西班牙姑娘,彼此在酒店门口叽里呱啦地说着什么话。从那西班牙姑娘焦急夸张的神态和流水叮当的语气里,我听出她似乎在反复地说着我的名字,像呼叫一个丢失的人。因为她的夸张和急切,她把我名字的每一个字都由桃变成梨,又由梨变成石头或木头。除了我,能猜测感到她在用她的母语叫着我的名字外,那几个同行的中国人,没有听出她在呼叫着我。再或者,他们听将出来了,只因和我素昧平生,下机分手后,各奔东西,他们已经不记得那班飞机上,曾经有过我这样一个中国人。

我有些疑惑地看着他们在楼下哇啦哇啦地说话声,一字一句,急切硬朗,像向空中抛的球或者扔的柴棒儿,真正到我面前能被我看见抓到的没有几个。就那样听了、看了一会儿,那一瞬间里,我忘了我到楼顶要做什么了,像要把一样东西交出去的人,伸出手后又缩手把那东西拿将回来了。

慌忙忙朝八楼的电梯门口走过去。到一楼出了电梯后,急步到大厅,代表团的三男二女已经从门口回到了厅堂里。而那个西班牙姑娘,也已经离开他们朝了别处去。在前台碰到代表团的一行五人时,他们五个人看着我仿佛撞上了鬼,脸上同时出现的深灰的惊怔也如同戈雅的晚年画,有些扭曲,有些惊愕,完全如同碰到了他们曾经去送过葬的一个死者又站在他们面前了。随后在他们的集体惊怔里,那两个女作家快速跑出去,去唤那个西班牙姑娘时,她们在酒店门口,看到的已经是马德里黄昏中的落日,如同毕加索画中美妙女人的脸,一半像太阳,一半像月亮;一半是生,一半是死;一半是男人,一半是女人,扭曲着,变异着,却也价值连城着,充满了无限的谜语猜测、神秘诡异和清晰可见的不可知。

而那个西班牙姑娘,在我临死的关口里,风一样来,又风一样走去了。

无踪无迹了。

六

这个作家团的三男二女中,学者陈众议先生是个极为优雅的人,他研究、翻译拉美文学,西班牙语的流畅通达,如马德里从不拥堵的街巷与河流。然而,在我们坐进 Café Gijon 的咖啡屋里时,面对我堆积如山的沉郁,他有些语言被哽了。

一阵死寒后,他才方方正正、齐齐码码说了这样一句话:

"马德里是个让人愿意永远好好活着而不愿死去的地方呀,

你对马德里太不熟悉了。"

作家劳马他是东北人。东北人来自血液与土地的幽默被他带到了马德里：

"咳，你连死都不惧还惧活着吗？"

还有那两个才华、名声和胆怯都远远大于她们年龄的女作家，一个叫张悦然，一个叫周嘉宁，我们坐在咖啡厅的窗口，她们坐在大家身边靠里面的椅子上，似乎从初见的惊愕中挣脱出来了，望着我如望着她们的一个普通熟人般，在大家一阵谨慎的劝解后，她们对我笑着说：

"西班牙太传奇了，你就像阿尔莫多瓦电影中的一个四处寻求自杀的人物样。"

这个咖啡厅坐落在马德里的萨拉曼哈区中轴线卡斯特亚大街上，有一百二十多年的营业史。一百二十多年来，每天都营业二十四小时。因为当年毕加索曾一次又一次地到这喝咖啡，构思他的画，因为还有当代的许多画家、作家都到这儿思考和享受，讨论和闲扯，所以这家咖啡厅如深巷酿造的老酒样，悠久而声誉。居于马德里的大作家略萨常到这儿来，他在那印刷留言本上写了很普通的一句话，而另一位普通的作家却写了很不普通的一句话：

"走在大街上，我们是个普通人；坐在这里我们才是一个作家了。"

也许正是因为这，那天黄昏最终要去时，作家们为了寻找一个说话的落座处，把我带到了这家咖啡厅。欧洲人对咖啡的热爱如他们的男人对女人的热爱样，从而使所有咖啡厅的暖香里，都有女人的脂粉味，都有男人的书卷味，更何况这家有一百多年营业史和无数名人光顾的咖啡厅,其实也正是马德里成千上万咖啡屋被文化与浪漫情怀滋养起来的一部分,是西班牙人对生活酷情痴恋的写照与演义。然而,在那充满慵懒、享乐和悠闲、淡静的落处里,有几个东方人坐下来,喝着咖啡,谈论生死,显得是那样的不伦不类,扭曲怪异,就像在幽静的图书馆中不卖茶水而专卖糊涂稀饭样,就像在声光现代的舞台上,演出最为民间的皮影戏,所以那个叫阎连科小说家,他一直没开口,却隔桌给我塞了一张纸条儿。纸条上写了那样一句话:

> 和我们一道到西班牙的南部走走吧。就是我们离开西班牙后你重新留下来,哪怕你重新选择死,我们也算尽过同种同族之责了,不需要再背负中国人的道义之疚了。

七

如果有人问我,世界上最令你难忘的城市是哪儿,我会沉思一会,同我走过不少去处的双脚商量一阵子,很谨慎地回答说,应该是西班牙的托雷多。

从马德里向南开车几十分钟后,并不奇峻的山脉上,有一座古城出现了。建筑遇物赋形,依山势而立,风格依文化、历史而成,层层叠叠,此遮彼显,错落有致地叠拼成积木塔的物形和城貌。中国人说起重庆山城时,常常为重庆的依山而筑感到了个性与情趣,而与托雷多的依山而筑相比较,重庆就只是建筑上的无奈之举了。

重庆是一个城市沿着一个山面堆积叠高的。托雷多是从四面八方绕着一座山峰围叠而筑的。重庆的阳光常常躲在云雾间。托雷多的阳光从不自私、避闪和吝啬,从天空下射时,不是一光一柱的照,而是把光亮倾盆大雨般朝着城里倒。走在托雷多任何狭小的街巷里,太阳的浓度都让你挡不开,可却又不是那种带有强烈紫外线的芒刺和炎烈。

它就是那么透透彻彻的亮。因为它的亮,人们走在城街上,会怀疑自己是否穿了衣服也会被人看到内里去。也经常为此产生一种天真的邪念,看到对面有亭亭玉立、又丰硕诱人的游人美女或西班牙的金发女郎走来了,企望借着那光亮,也能看到人家的内里去。

见到的文字介绍说,托雷多是作为一个帝国城市闻名于世的。那里曾经是古西班牙和罗马帝国的文化交汇地,集合了一座又一座的清真寺、犹太教会堂、教堂和博物馆。在那缓高慢低的街巷里,就是我们这样没有信仰的浅白者,也会得到来自宗教通过建筑给我们传递的清寂、善良、美好的人生信念和暗示,如同历史将中东地区与天主教的西班牙嫁接样,托雷多是这文化嫁接的一个历史口,狭斜上下的街道,被博物馆和清真寺、教堂围就的池形广场,以及各商家、住户、学校、机关清一色的内部庭院构成的城市迷宫,不禁让人想到在世界地理电视中,看到的大马士革、麦地那、开罗和摩洛哥。可是,那些地方又哪里是可以和托雷多相比相论哟。

那里,有了太多的人,缺少了古城应有的一份静寂和落寞。

古城,是不应该没有落寞的。

落寞,对古城是一种时间深刻的美。更何况,托雷多的中心还直立着庄严的哥特式教堂和经历了严酷风雨洗礼的阿尔卡萨尔古城堡。教堂和城堡,被时光剥蚀,却又顽强地透着无人问津的沉稳和抵抗,在那份无人问津的鲜明落寞中,有着托雷多古城的忧郁和沉默,可也有着我自如此的傲然和不管与不顾。

我只要立在这儿,就可以傲视群雄了。

我只要立在这儿,就可以让世界上所有的古城向我的独有表示一种尊敬和屈膝。

我只要把我的坦荡、尊严和不亢不卑的落败、不藏不躲的忧伤,一览无余地交出去,那么,我就是了托雷多。我就有了世界上所有古城不可替代的美和让你辨析不完的神秘忧伤了。在世界上所有的城市中,忧伤是最能打动人心的。没有忧伤的城市,就如同从未读过书的站街女。而恰在托雷多,它的一街一道、一石一砖和城里的一草一木,都透着远离了现代又远离古帝时期的偏远和孤独。那一种被古文明和近现代文明的抛弃感,像是在路边失去儿女和房舍的一个孤寡老人样,脸上的无奈和他向无奈的挣扎与抵抗,都以忧伤的叙述写在天空下,使人无论走在托雷多的哪,都想去它的残砖断垣上摸一把,如善良本能地要搀扶横过马路的老人家,都想让人在托雷多几无平坦的上坡下坡的石板古道上,以孝子之心伏下亲一口,并以跪拜表示对这座古城的敬重和尊崇。

尤其在那黄昏里,托雷多沐浴在疲惫的温暖间,不知从哪吹过来的十月的风,轻轻地掠过你的脸颊和发梢。白天的游人已经回了马德里,或赶车到了西班牙的下一胜景去,譬如是沿着从历史中唐·吉诃德的脚迹新开设的风车与驿站,去感受西班牙旷野的诗意和胸怀。那么,你终于有幸留在了托雷多的清寂里,得到极致的静默与境界,听到了风从16世纪街巷古墙上吹过的呢喃与私语,如同夜里的草与月光的说话声。看见最后一抹日光从街道和古堡的墙壁抽去时，犹如绸纱从百岁老人干裂的手指中抽去的停顿声。还有那空无他人的一道斜街里，你独自坐下来，不知所思，心有所栖，而又觉得是在贪图享受着某种境界的净美时，有教堂的钟声脆缓缓地传过来。寻着那声音扭回头，却看到一个修女拿着一把自种的青菜和一本旧书从你身后走过来，你弄不明白青菜、书卷和修女结合在一起，具体的隐语是什么，但你看到她一袭漆黑的长裙和洁白如雪的脖领，是那样纯洁、纯正地搭配着，还有她人在中年却满脸都是老年读书人面对世界的平静和不惊不乍的稳妥，你就终于牢固地坚信了修女决然不是一般常人的判断了。加之她带有一些棕色人种的皮肤和走路不急不缓的诗韵，这是托雷多黄昏时随处可见的一个场景和日常，而在你，一个东方人，一个中国人，一个到西班牙是为了死的人，便忽然臆想到，中国北京的故宫中空无他人了，毛毛细雨里，只有你和秋天来自碎砖缝中的荒草陪伴在一起，以为这就是一天、一生的结束时，荒草、古砖、清静中，忽然传来了千年古琴的弹奏声，使你不得不从一天的结束中扭回头，去听、去看那琴声和弹琴的人。

到这儿，你看着修女从你身边走进了一道石框古门时，就像古琴被收起来放入了紫檀的琴箱里。

一天和一天的黄昏就这样过去了。

月亮不是从托雷多的哪儿升将起来的，而是从托雷多的古堡、博物馆及教堂的半空缝中漫溢出来的。弯曲的街巷里，到处都是月光落地的细流的响。所有街巷的餐馆里，尽皆灯火通明，音乐欢愉，独属于西班牙的美食、酒香披着明亮，夹着乐奏，在巷子胡同里伴着月色四处地流。无处不在的酒吧间，白天也都开着张,但你却视而不见它。可现在,夜晚到来了,它们显山露水、出人头地了。托雷多似乎沉没在了酒吧和餐馆的美味中。为了饕餮古城黄昏后的美,你不用进酒吧,也不用进餐馆,你仍然独自在托雷多的街巷里转,一面感受着一个城市沧桑后的孤独和忧郁;又一面,体会着它孤独中的热情和忠贞。就那么走,嗅着几百年前的墙壁和地面石头发出的淡淡温馨与忧愁,也嗅着四处流淌的浓烈的面包、烤肉和葡萄酒混在一起五颜六色的香,还有月光中的清水味,树木花果中的植物味,以及全世界都大同小异的石墙砖缝中蛐蛐那银饰碰击的脆朗朗的叫。

终于的,你发现你每走一步,鞋尖上都踢着一首诗。

终于的,你发现这个城市本身就是中国的唐诗和宋词。

终于的,在你稍稍有些疲惫时,有一家酒吧如期而至地来到了你面前。

也许西班牙人是因为酒吧才体会到人生意义的。没有酒吧的地方,一定是没有西班牙人的落脚处。他们国家的每一百个人中,就有八点四个酒吧屋,平均每十二个人就有拥一个酒吧呢,就像中国大多的乡村里,平均每户人家都有一个超生的孩子样。而且你随便走进哪家酒吧都一样,温馨、浪漫的情调,和中国超生孩子单调乏味的生活成反比。

我被一家酒吧中带着鼓荡气息的音乐拽进了一道古旧的房门里。这家极不起眼的酒吧闪在一条小街的丁字路口上,门口只有昏黄两盏灯,以为内里是一间两间小屋舍,然而走进去,别开洞天的有着二百多平米的一个大厅池。

原来哦,这里竟是带有说唱表演的酒吧歌舞厅。

时间是晚上十点钟,对西班牙人来说,晚上十点是他们刚刚坐在晚饭的餐桌没太久。而在这个时候里，表演已经开始了，舞台上俊男倩女的演出，没有一句我可以听得懂，但台下的座无虚席和到处都是拿着饮料、啤酒、火腿和面包站着的托雷多的居民们，他们边吃、边喝、边笑和时不时腾出双手的鼓掌，如足球现场上的氛围感染了一个并不热爱足球的观众样，我要了一杯啤酒，随意站在了人群里。在那有些混乱的热闹中，台上的歌舞是边跳边唱，边把自己身上一件一件的衣服脱下去，挑逗引诱地把自己渐到隐秘的地方半遮半掩地露出来。以为这是中国说的黄，而托雷多人说这是他们当地在寂寞中由历史、文化和民俗共同创造的滑稽剧，犹如中国东北的二人转，无非是语言和表演的人数、方式不同罢了。以为这些表演有些俗，可它却长青在托雷多最为脱俗的古城有无数的年年月月了。以为演出是和旅游经济混在一起的，可后来知道坐在台下的，绝多都是托雷多的老居民。

这让你感受西班牙人是为了生活而活着。

为夜而活着。

生活的快乐比生活中的其他都重要。金钱、地位、美女与俊男，荣誉与未来，一切都要服从生活快乐这条基本的人生准则与法绳。快乐是生活的核心，其余都是核心的扩散与枝叶。快乐是生活的根，其余都是根上的树干、枝丫与果实。

我在这个歌舞酒吧一直待到深夜时，虽然听不懂，却有一种关于生活与生命的感受会从人群漫过来，把我淹没在那些歌舞、音乐和托雷多人的笑声里。尤其台下中间坐的几位年届八十岁的男女老人们——我特意去问了售卖啤酒、饮料、火腿的胖姑娘，她说他们和她一样都是托雷多的人，三十几年来每隔两天都要到这家酒吧喝酒、用餐、看歌舞。歌舞的演出几乎都是一个程式和惯性，先是唱与跳，后是唱、跳加笑闹，再到高潮时，就把衣服一件一件脱下扔在台上或者台下的观众中间里。往台下扔去时，又一般都是扔给台下的老人们。哪怕是舞女的小衬乳罩也朝老人身上扔。让我惊讶的，是那些古稀的老人们，他们端着啤酒，喝着饮料，当艳丽的乳罩落在他们面前时，他们不闪不躲，笑得前仰后合，甚至舞女高耸着乳房从台上跳到台下来，在那抖乳舞中癫癫狂狂，竟可以把自己的乳房抖在老婆婆面前几乎擦在她脸上，而那老婆婆，却为舞女可以把乳房抖得如风中的吊铃样，为舞女不停地喝彩与鼓掌。

观众们，也为老人的坦然、快乐而鼓掌。

我为这情景困惑了。

我被西班牙人的生活态度震撼了。

我觉得我虽来去匆匆，但似乎多少的认识了托雷多古城和这古城的居民们，知道了有一种生活并不在于你的心有多么深刻和复杂，而在于你的态度有多么简单和鲜明。托雷多这座古城是忧伤的，而这儿的居民是快乐的。他们为古城而骄傲，古城为有这些深明人生与生活含意的居民而自豪。人类所有需要人们纠缠不清的思考，立在山脉上的古城都替人们完成了，因此，古城最需要被它庇护的人，终于有了一种简略、明快，哪怕是有些慵懒、享乐的生活与存在。如果不是为了这，古城数百年来经历的那些战争、风雨和时间，又有什么意义呢？

没有谁比托雷多人更理解这座古城了。

也没有谁比西班牙人更理解他们快乐原则下的生活方式了。

我从酒吧独自出来时，托雷多古城里灯火点点，咖啡的香味混合着葡萄酒、烤面包、熏火腿和来自各个餐馆、酒吧的音乐，在寂深的古城小巷中，弥漫与荡动。月亮已经从古城的前部到了后部去，婆娑的树影带动着风和星光在那些古石墙上摇。对于西班牙，对于托雷多，午夜是他们夜生活的初始端，午夜前的吃喝与欢乐，只是夜生活的序幕和前奏。

这是一个因懂得生活才为夜生活活着的国度和人们。而我们，我自己，独自走在托雷多深夜的深巷里，唯一想要感叹的，是可惜自己不是这个国度、不是托雷多的人。

八

把阿尔玛格罗看作一个市，不如把它看作一个镇。依中国人的理解，从这个小市的这端走到那端去，拄着拐杖慢行也就三十分钟吧。

阿尔玛格罗在西班牙、在欧洲的不可小觑，是因为在这里发现了世界上最早的戏剧演出场——16世纪留下来的剧院。因此着，这儿成了世界舞台剧的源头和圣地。我像一个卸不掉的囊肿、瘿瘤样，被这个中国作家团，又拖着背着到了阿尔玛格罗。他们去世界最古老的剧院看演出，去西班牙导演阿尔莫多瓦拍过电影的庭院看旧迹，而我就留在阿尔玛格罗幽静的街道里。

我喜欢那儿的街，是因为它和托雷多的街巷完全不一样。房子一律都是两层、三层的灰青瓦。墙壁都是一律的洁白色。各家的大门，又都各自别出心裁地绘制出不同的花样和图案。地上一律都是灰砖或石材板。而最为重要的，是这些街道都宽到汽车行驶不需加设单行线，且笔直流畅，却又几乎没有行人与车行。偶有停在谁家门口的私家车,在那儿似乎只是为了欧洲村镇的点缀和住宅有人的证明物。各家的藤蔓要么种在墙外边,让绿色四季不衰地爬在院墙或房墙上,或者是院内上百年的树,枝叶漫过院墙伸在、遮在街道里,把一个城市弄得随处都是诗意和韵味。

确真的,这个阿尔玛格罗,其实就是一首散文诗。

这里的每一处景色,你从任何角度望出去,都是一幅恰到好处的画。

这诗与画中的简略与洁净,让你忧心自己的脚会弄脏人家的街道、地面的韵律与格式。

我在这里走着时,西班牙首屈一指的女性汉学家、作家团的组织者,塔西安娜教授回来找我了。因为她工作在马德里的大学里,而家就在这个城市这样的街道内。她带着我又走了几条街道后,忽然对我说,我请你到我家里坐坐吧。

也就在一条洁净如洗的街道中间进了她们家。大门是可以开进汽车的双扇旧木门,门框两侧的墙柱是凸凹别致的抽象画和抽象实物垒砌起来的。有三百平米的院里铺了砖,而前后的楼房里,因为父亲已经不在了,只还有七十岁的母亲守在家里边,空阔中显出寂美的诗韵和这个城市、街道完全一致着。还有庭院里碧绿的树,墙壁上的藤,都让人觉得这个院落不仅是这个城市的一部分,而且是这个城市掀开页码后的最深处。

我跟在塔西安娜的后边走,听她介绍这个院落的来历与她父亲生前对这个院落丝丝入扣的爱。再到院内楼里的一层去,看到到处都挂着她父亲生前画的画。她父亲是西班牙的建筑家,也是业余油画家。那些他死后留下的油画、素描和未完成的画作,无论是风光、人物或者实物画,都被她的母亲布置在房内和楼梯口,使她和母亲走到哪儿都可以看到父亲和她们永远在一起。

而看了后楼又到前楼的二楼时,我见到了一间屋,那屋里的布设,陈旧朴素,每一样、每一处都和今天生活的诗韵有些不一致,甚至有些地方凌乱芜杂,仿佛有无数年月哪个房间没有进个人。仿佛这间屋是一张画作创作到心烦意乱时,画家拿起绘笔色刀随意胡乱地涂。

可那些东西却是干净的,尘灰不染的。

我们就站在门口上,看了一会儿后,闻到一股潮湿、霉腐的气息扑过来,在那气味中,塔西安娜说,这是她父亲生前的工作间,设计或绘画了就在这屋里。说她父亲不在后,母亲把这屋子的原貌一丝不动留下来。除了她和母亲外,母亲一般不让别人踏进这间屋子里。然后,在绵长无言的沉默中,我和塔西安娜从楼上走下来,站在她家空大的庭院内,她说父亲去世后,母亲已经在这开车要六个小时才到马德里的偏远独自生活了好多年。因为,父亲从这个院落去世了,母亲的全部也都随着父亲的死,而留在这个小城市的街道、院落和楼屋。

塔西安娜说,母亲在这儿,总感到父亲还活着。

塔西安娜说,在这儿,她每次回来关于父亲的全部记忆就会涌上来。

塔西安娜说,我是西班牙人,虽研究中国文学和文化,可我最弄不明白的是,中国人的生死观。说人活着,本身就是意义了,为什么还要去寻找生和活着的意义呢?活着不就是意义吗?比如门外那些洁净、宽敞的街道吧,你说它是干净、整洁才有意义呢,还是如中国北京的大街小巷样,到处都停满了汽车才更有意义呢?西班牙人觉得那停满汽车的街道虽然堵,可它蒸蒸日上、充满奔腾的活力啊;可中国人看西班牙小城的安静才有诗意、才像你们桃花源中的乌托邦。其实哦,她朝我笑了笑,给我端了一杯热咖啡,说你的生活、你的经历就像是北京的大街样,意义全在这繁华、闹乱中。而死是想从那闹乱的大街搬到西班牙幽静无人的街巷里。可是当真搬来了,你的生活就彻底失去意义了。

她说,听我的话,你还是和这个作家团回到你们北京的街道那边吧。我母亲守着她的记忆,活得和每天泡在酒吧的老人一模样,而你为什么要把你的记忆抛弃呢。

九

10 月 18 日到了科多华。

10 月 19 日,到了马拉加。

我们一路南行,终于到了西班牙的最南端。站在马拉加金黄的沙滩上,隔海相望,似乎可以望见摩洛哥。

科多华的记忆,是参观世界上最大还是第二、第三大的清真寺,那个正方形的巨型建筑,意义并不在清真寺中森林般的墙柱、彩绘和信徒在那儿留下的最为虔诚的滴血故事和记载,也不是说这个清真寺怀念着穆斯林在他们的聚集地,把他们的宗教信仰主导延续了八百年。至于大清真寺所体味吸收的流行于当年大马士革的建筑理念和经验,把拱门整建成叶形或者马蹄形,加之砖瓦装饰、文字和花卉的艳丽图案,繁复的泥灰粉饰,安宁平静的内院和钟乳石的天花板等等,都只是一种年代、历史、文化和风格。而位于科多华的大清真寺，其根本的意义随着战乱和历史的更替，当穆斯林被犹太教或者基督位移替代时，而大清真寺没有被战乱和宗教争夺所破坏，而在大清真寺内劈设了教堂区，保留了伊斯兰的宗教存在和信仰，使不同信仰的基督徒和穆斯林可以和平、亲近地从一个门洞走进去，同时在一个不同信仰的大厅内，去跪拜各自不同的主和神。

大清真寺告诉我们，不同的宗教都共有一颗博大包容的心。没有这颗心，宗教的灵魂就没有那么大。

还有科多华的弗拉门戈舞，在半含着伊斯兰忧伤的音乐中，张扬的却是欢愉、幸福和快乐。舞者的踏脚之快和继之击掌震耳的音乐节奏，把听众、观者在火热激烈的情绪中，从一个城市送到了另一个城市去，让你目不暇接地感受西班牙的人文文化和内心。可在我，随着作家团最后行程的到来，关于死，关于生，关于生命的活着和快乐，忧伤、奋斗和堕落，沉闷、阴郁与选择，在我的内心黑黑白白、冷冷热热的混搅与翻腾，使我再次的彻夜失眠，不知所措，人已经疲惫到连走路、视物的力气几乎都没了。

然而，如同大家说的没有偶然和戏剧性，就没有人和人类的历史一模样，从科多华到了马拉加，我在西班牙求死求生的剧情在看似偶然的情节里，有了意外的转折和演进。

作家团从马拉加起飞返回中国的机票里，他们也替我订了一席座。

他们说，我们只能这样了。你的生与死，都不能再由我们决定了。我们只是希望你同我们回到中国去。

就在我似乎只有跟着他们回去活着或者留下死去的非此即彼的选择中，西班牙这个充满戏剧与浪漫的国家，让我在马拉加遇到了意料之外的剧情与发展。

这段剧情给了我新的选择和可能。

我随着作家团去参观了毕加索的博物馆。在毕加索的故乡看到了毕加索生平的许多用物和我未曾见过的一张画——那张毕加索在十二岁时画的差不多和他同龄的小姑娘。她朴素、天真,满脸都是一个儿童对美好的向往和渴念。小姑娘的头发带着田野的风声和草气,脸上的粉淡如同正在阳光下欲开欲绽的花。戈雅的画是让我从他年轻的欲望看到他年衰的绝望,这正是一个正常的生死逻辑和不可更改的命运。而毕加索的画,我从巴塞罗那看到马德里,从马德里又看到马拉加,却是让我从他的老年看到童年的,这一线路和毕加索画史的颠倒,让我心中有着蠕动的曙暖和柔美,这也似乎预示着我人生剧情虽为庸俗却充满人间烟火的好。

参观完毕加索的博物馆,是下午四点多,我不知道这个时间对我有那么的巧合与偶然,只是想着毕加索十二岁的美好与纯净,然在走出博物馆的那一刻,那一偶然、意外的剧情到来了。一个故事或剧本进展到了新的一章或一幕。它的背景如果是在中国或东方的任何国家里,就都显出了虚假与做作。

可它发生在了西班牙。

发生在了西班牙最南部的马拉加。

从博物馆里出来时,在飞机上和我并排邻座的那个西班牙姑娘亭亭玉立在大门口。下午西去的落日,在她满是光亮的脸上仿佛油彩般。她就立在博物馆的正门前,穿一身更为火红的裙子和平跟鞋,如机场、车站接人那样盯着从博物馆出来的每一个人。看见我们后,她风吹火起地飘过来,脸上的惊喜和灿然,仿佛她导演的一部戏剧在掌声中终于拉开了幕,而后她笑着登场了,到了台前介绍这部戏的创作经过了。

她依着中国礼节在惊讶中和大家一一握了手。对作家团也好似对我声惊语异地大声说,她自马德里碰到同机的作家团但是没有找到我,她就相信她一定可以在马拉加的毕加索博物馆或者老城旧居的"一线天"胡同碰到这个最终要到马拉加的作家团。她说她相信,作家团会把我从马德里的哪儿带到马拉加。所以,她连续几天都在马拉加最负盛名的博物馆和游人必去的那些马拉加最独特的一线天的胡同口。

她说她终于等到了我和这个作家代表团。

说她在飞机上,看见我神色忧郁,拿出很厚一封信看着竟然掉了泪,然后见我把信慢慢放在她起身去和作家团聊天后留下的空位上,自己擦了泪,躺在那儿闭上了眼。说她聊天回来后,我已经睡着了,她是跨过我的双腿回到自己靠窗那个座位的。说为了不把我惊醒来,她把她座位上我的信件收起来,把她的书报和她到中国游览时胡乱写在纸上的感受日记也一一收起来。把她的放到了面前椅背后的物夹中,把我的放到了两座之间的扶手上的几台上,然后她也闭眼睡去了。

再后就是睡醒下飞机。不记得彼此说过什么话。可是待她到了巴塞多她姨妈家里那一夜,收拾自己东西时,她发现我看着流泪不止的那封信,竟然夹在她的一本时尚杂志里,而她胡乱写的那几页中国旅行感受的日记却不知哪去了。说赶巧她的表弟是因爱好而学习中文的,便从那封信上看出了惊疑和愕然。又把那信拿到学校给他的中文老师看,才知道那不是一封信,而是一个人要死在西班牙的前因与后果。

是一个要死在马德里的中国人写给生活的最后一封信。

说她为了找到我，她找遍了马德里中、高档的宾馆和酒店，而在近乎绝望时，在马德里阿尔古埃区的 HOTEL TIROL 酒店门前碰到了作家代表团。她说她家住在马拉加的城中心。回到了马拉加，她总有一种预感觉得我不会把生命结束在马德里。说西班牙的城市、文化、饮食、男女、红酒与咖啡，是最不适宜一个人死前享用的，因为那些东西看了经受了，人就不想死，而只愿意生。所以她相信我不会把生命结束在马德里，而是会从马德里向北经过塞哥维亚、巴利亚多利德、莱昂，再到奥伦塞和圣地亚哥城；或者向南经过托雷多、科尔多瓦再到马拉加。说中国人从马德里选择南北旅行时，一般都会选择向南经过托雷多，最终到达马拉加，因为全世界的人都相信，西班牙的南部靠海气候好，更重要的是，这儿是伊斯兰文化走向西班牙的登陆处。还有一点儿——说到这儿她笑了。笑得洁净、爽朗，宛若天空的日光与雪白的云。笑后她停顿一下子，将目光望着作家团里的男性们说——

世界上所有的人都认为西班牙的美女在南部，美女中的美女在我们马拉加。

又看看大伙儿，她最后把目光停留在了我身上。说我知道，你们这个中国作家团的最后一站是我们马拉加，可我没想到，你会和作家团重逢一起来。我想到你们不会不看马拉加的毕加索博物馆，可没想到你们一到马拉加，就来参观博物馆。说她在飞机上阴阴阳阳拿错了信，我想这不是我的错，一定是上帝有意这样让我错了的。既然上帝这样安排了，我想我就应该在马拉加等你来，带上你走遍马拉加，让你体会西班牙的快乐和文化，体会西班牙人的生活观、享乐观和生命观。

说无数的人都说西班牙人是为了享乐活着的，可他们却完全不知道，在西班牙任何一个大城小镇的街道上，你随便从哪来，随便朝哪去，你看到的都是艺术、激情和西班牙人面对人生的欢乐和愉快。说西班牙大街小巷的房屋、楼舍、墙壁、窗户、门框、人行道和南来北往的车流与行人，那些都不是植物、动物与游人，都是历史、哲学和文化。

说西班牙的生活就是活着的哲学和世界观。

说西班牙的每一个人都是哲学家。他们对生活与生命哲学的理解超越了世界上的任何一个国家、人种与人群。西班牙的人每一个都是激情艺术家，他们的日常细碎、吃喝拉撒中弥漫的无与伦比的艺术，让全世界的人都感到相形见绌，自愧弗如，仿佛一株小草被栽进了西班牙漫无边界的绿色中。

西班牙人的滔滔不绝、热情奔放，在面前这位叫索菲凯玛亚的马拉加姑娘身上得到了见证和实例。她一字一句快捷的叙述，让组织作家团到来并一路担任翻译的北京小姐郭宇时紧随不舍的翻译中，感到她不仅是一个马拉加的天使和美丽，还是马拉加或西班牙哪个电台、电视台的播音员。我们大家在毕加索博物馆门前空地的阳光下，围在索菲凯玛亚姑娘的身边，听着马拉加情节的转换与叙述，听着郭宇时小姐声音如乐的翻译和赞叹，到了最后说代表团的下一个计划是去和马拉加的作家与诗人同桌座谈后，再回到毕加索的博物馆，与从法国赶来参加一次画展揭幕的毕加索的孙子面见论谈时，索菲凯玛亚望着作家团和组织者，笑着请求说，如果王先生愿意，我能在这段时间单独带他到马拉加的街上走走吗？

她说她是马拉加神学院的一位年轻老师,神让我在这等着一个准备死在西班牙的人,我等到了他,就应该把神让我转告给他的话在合适的时候全部告诉他。

终于的,我像一个瘿瘤一样被索菲凯玛亚从作家团的精神上摘除下来了。为了让神的话一字不落准确无误地从索菲凯玛亚嘴里传递到我的心里去,翻译郭宇时小姐也陪同我们离开了作家团。

离开作家团时,我看见那个姓阎的小说家和八〇后的女作家,都因某种摆脱而长长出了一口气,而那位学者陈众议和作家劳马脸上倒是会意亲切的笑。

她们带着我由西向东走,坐了出租车,穿过一个教堂、一个广场和一段步行街,大约十五分钟后到了马拉加游人必至的老城区。那儿就是世人和中国人说的马拉加名胜一线天的胡同街景区。楼房尽皆为两个世纪前的旧建筑,不断修复整理的窗棂和墙壁,皆是岁月的灰黑和剥落脱离的潮润泥灰味。空气中有来自海边的淡腥淡鲜的生香和藻气。地面上是与建筑同生共荣碎石板,流水系统不像东方样都在路两边,而他们设在路中央,是那路面在缓平中呈着浅浅的槽。一线天的胡同多则五尺宽,窄处不过一米宽,而其绝处不在这胡同的宽窄与长短,而在马拉加人因为对生活和生命的爱,在因为胡同只有"一线"无法种植花草时,他们都把盆景花草种植在半空的墙壁上——各家各户临了胡同的门窗和墙壁上,都一盆挨一盆的吊着、镶着花盆和景观,种了各样的花草、植物和意蕴,有的生长向上开着大大小小红的、蓝的和艳黄的花,有的向下蔓藤结着圆的长的小果物。无论三层楼或是二层屋,那些墙壁在一人高处都空荡下来供着行人的走,而在行人的头顶处,尽皆为一盆挤一盆的景物和镶嵌。墙壁有多高,物景就疏密有致地从一人高处悬到楼顶最高处。为了不使浇水时流在那素洁的墙面上,每一盆花景的后边都用木塞把花盆和墙壁分开来,使观众抬头仰花时,仿佛两面倒地的花圃从地面直竖起来把人的目光约束挤捆在了中间一线的空间里。就从这一线的窄处望出去,天空蔚蓝时,它便愈发的蓝到不可思议里;天空灰暗时,它的灰暗里有着隐含不住的透亮与光色,如我们见到的夜光石,或如从暗处望那远方亮处的光带间突然出现的流星尾巴般。倘是一线天处刚好夹裹有一朵一朵的云,那云就已不再是了云,而是天空中坠下的一粒一粒珠宝的扣。从那一线天的绝景处,你被这奇异迷惑了,疑虑自己是站在现实还是梦里时,会有花瓣从天空落下来,香味像女孩秀美的手绢撩在你的鼻尖上。你终于长长吸了一口气,捕捉着把那香味贪婪地吸进肚里去,想借此证明自己的身处是梦境还是现实时,却越发怀疑自己是在梦里而非现实之中了。想更进一步地设法弄明这些真伪时,索菲凯玛亚却在召唤你跟着她朝着前边走,示意说这胡同的绝景刚开始,还未到真正的盛处和绝处。于是间,你恋恋不舍地跟着走,惊愕中,从三三两两的行人里,看到的却是在胡同拐弯处的一棵说不出名的蓬绿树冠下,有两个乞食的西班牙中年和老年,一个四十岁或者五十岁;另一个,一定是七十岁或者八十岁。他们面前是由你的心情与心灵决定赐不赐舍的收钱的陶碗和一块红色的布,而他们本人,则远远地闪在一边儿,老人坐在一把旧式藤椅上,手里捧着一本极烂极旧的西班牙语的《圣经》书;另一个中年人,他没有捧《圣经》,却是手里拿了一个不太时新的音乐机,耳塞堵在耳眼里,慢慢地在那踱步听音乐。

我被这奇异的一幕人生场景惊住了。

望了望那陶碗和红布上已经不少的欧元硬币和纸币,又望望那边各自沉没其中的中年老年的两位乞食者,站在那儿一动不动地看望与品味。而我身边的索菲凯玛亚和郭宇时,彼此说了几句什么话,郭宇时扭头对我翻译说,我问她神让她向我转告一些什么话,她说神说见了我你什么也别说,只领着他在西班牙走走看看就行了,用无言告诉他一切。

于是,我就跟着索菲凯玛亚继续朝前走,在那一线天的胡同里,如走在中国的八卦迷阵里,除了抬头望天外,永远被困在那香味四溢的幽静和热情中。直到有些走累了,索菲凯玛亚才扭回头来通过翻译问我道,你愿意明天退掉机票让我陪你从马拉加到塞维利亚,再到萨拉曼卡,最后到西班牙北部的圣地亚哥、圣塞瓦斯蒂安和比利牛斯山脉吗?你在西班牙这短短的十天间,其实什么都还没看到,至多是把深埋在西班牙大街小巷和民间的关于生活、人生、命运与生命的哲学典籍刚刚打开了封面和第一页,只看到了目录、大纲和简要,要真正了解这些和西班牙,你就退掉机票跟我走,按照命运和神的旨意跟我一直走下去。

跟着我一直走下去。

省说

富锦的想象

一

每次行至东北，都被辽阔震撼和操弄。

这次的震撼与操弄，是佳木斯下属富锦县的湿地。是名为黑水泡的22 400多公顷的浩瀚，让我感到有一种难以想象的开阔，使你觉到人的渺小，近乎存在的失去，于是你因为辽阔而恐惧。还有一种辽阔，不让你恐惧，而你却被它所操弄，让你的想象变成少童的思幻，意识到卡通间天宫的存在和幻爱的真实。从而，那种笼统无当的臆想凡俗的美，切实着来到了那一瞬间。

黑水泡湿地，归属了后者。

十月之初，秋黄从天空中噼噼啪啪地落下，铺在了辽阔的上边。阳光如绸，从脸颊上抚过，如同少女的手指在你脸上的抚摸撩拨。风吹着，掠过发梢，让人隐隐听到遥远琴声的孤单。还有来自湿地碧清的水汽，鸟羽泛白的温暖，芦苇在秋黄中群起的叹息，水荷结束一季生命时最后瞭望天空的目光，和那——以最后的生命之力，守候着一年间秋时盛开的白色小花，依着草棵，浮着水面，朝行人客旅忧伤的媚望。

气氛确实有些凄美，宛若皇宫的庭院中，孤寂的小姐拖着络裙走过因赴约而失落的一处荒凉的园子。我们一行，就那么渺小坠落般走在22 400多公顷的浩瀚之间，被浩瀚所震慑，也为浩瀚所折服。可终于还是,因为辽阔的凄美而感受到虚无与实在的共存。随行解说的话语被水汽所吞没、彼此的谈笑被秋风所散淡、噼噼啪啪的脚步被爬上岸的藤草所羁绊,偶或想到了唐诗宋词中的妙言与佳句,可天空飞鸟垂下的羽毛和从水面挣着身子跳上岸来的一丝幽花之香,把那诗句诗意,比拟着挤到了苍白的一角。于是,在那因大美而大凄、因大凄又大美的湿地里,踏着浮桥,守着亭阁,乘着小舟,无休无止地沉默和臆想,成了那时最是上好的一种选择。

我便沉默着臆想。

臆想到了四桩事情:

一、我若能够有一天当上皇帝,将亲笔手书一道圣旨,让东北三省的人都暂迁关内,或借宿境外俄罗斯,使辽阔的东三省野野荡荡,空无一人,只有一个唯一的我——连个侍者、仆人都不带——独自站在那辽阔瀚海的土地的中心,撕破嗓子,疯狂地高声大唱一曲由我自己作词、谱曲并演唱的《我的土地》的绝美的歌曲。

二、我若当不上皇帝,求其次当了省长,我将选择黑龙江省做省长。不让黑龙江省的 3 816 万人口有一个搬迁和移动,只在合适的时候,把这 3 816 万人民集中在最为辽阔的某一处的黑地上,给他们发着钱,发着物,报销一切费用和开支,让他们面对省长,振臂高呼,雀跃欢歌。而我,站在某一高处的台地上,放眼人民,缓挥手臂,大声说道——

"黑土地啊——种地去吧!"

三、当不了省长,我就当富锦县的县长去。当了县长,我将勤恳工作,废寝忘食,建设湿地,造福人民。而唯一所求的回报,就是在我某一天的生日里,我将让湿地别无他人,只有三五好友和一台二人转的上佳演出。大家饮酒畅言,放浪形骸,听戏欢歌,彻夜不眠,直到来日日出,霞光普照,湿地里牡丹花开,月季生香,水鸟从芦苇中飞上餐桌收拾着残羹剩菜,而二人转的戏台上,曲终人散之后,长满了大豆高粱和我那些好友睡梦呼噜的声响。

四、当不了皇帝、省长和县长,我就仅仅维持今日的现状,当一个普普通通的写作者,读书写作,备受争议,到了烦闷的时候,用心培育一个好的女友。她本不愿做个屈从的情人,可又愿意出门走动,于是也就沿着你圈套,到了黑水泡的浩瀚湿地。行人稀少,浮桥楼阁,水鸟游移,孤舟风漂,到了那个时候,也就一切的一切,只能顺从于此情此境,如同我们的生活,无法摆脱日常的束缚。而我们的情感,也只能顺从于黑水泡湿地诗意浪漫的馈赠。

二

距湿地几里之外,山脉上遥远着一行风力发电的大轮,银灰在湛蓝的天下,让人误以为在佳木斯的富锦,是到了欧美的乡间福地。风吹着,秋天的金黄在山脉上跳跃游动,却又始终是左起右伏,此生彼消,而那金黄就只在原处不动。说那风力发电的银轮,造价32万元一柱,一排轮柱,要在千万元成本之上。可那风轮无休止地旋转,昼动夜欢,每一圈就能收回成本8元,算计下来,一年间也便本利同归。说那金黄金红,不是人人皆知的枫树红叶,而是只有东北才有的柞木林地。说那柞木,质地坚硬,生长辛劳,二十年的漫长,不过能从细苗长至胳膊的粗细,且枝干弯曲,所以,流行的实木地板,柞木为上乘之作,且稍做处理修改,就可充做紫檀招摇过市。

于是,也便迎着红黄,听着风车的转响,到了那脉山上,在被巨大的银轮振聋发聩和被金海红洋的柞色浸染水溺之后,意外地看到,红豆似的七色瓢虫,由少积多,漫天飞舞,一潮一浪的滚滚团团,飞来如红尘一般,飞去似群蜂迁徙。因为我们的到来,不知它们是为了迎接,还是为了拒绝,车行山下,那瓢虫便红云般飘然而至,裹在车上,宛若红绒幔布罩了车窗车体,使你的视线顿时全失,只听嘤嘤嘤的声响,如龙卷风样在车外流着旋着。因为瓢虫越来越多,司机不得不打开车前雨刮器具的最快节速,扫着赶着,宛若应对倾盆暴雨。因为遭了轰赶的敌意,那瓢虫愈发多将起来,山山海海,洋洋水水,从柞林中飞将出来,从草地间跳荡越跃,起如飞沙,行如走后,涛天海浪地朝着我们,朝着那现代的豪华汽车,卷风卷叶地裹袭着涌来泄过,一层压着一层,一团压着一团,使那汽车超重,人心超重,司机不得不加大油门,加大档位,推开车前一涌而至的瓢虫的天地峰山,层峦叠嶂,如推土机推着房倒屋塌一样。终于横开一条血路,沿着柞林的缝隙,到了一擎风力发电的柱下,挤出一片小阔,将车缱降路边,这才发现,车窗紧闭,门无隙缝,可那瓢虫,不知从何处钻进了车内,占满车座,落满人身,使车里堆舞着水泄不通的红色和针扎不透的瓢虫的气味。

然而我们,不官不武,文弱书生,从惊慌中镇定下来,都君子般坐着凝着,努力地与它们相安无事,促膝漫谈,差一点彼此和谐得如鱼水一般。这也就有了谅解,有了沟通,它们也才让我们开门而出,来到了柞林边上。也才终于知道,这些日子,值初秋时节,天高云淡,气爽风暖,一世界的瓢虫们正集中在这片柞林山上,召开一个乌托邦的协调总结大会。事由是原来东北富锦的柞林树木,择山而居,喜风迎日,因此它们世代居住在这一山脉。因这山脉荒野,多有蚜虫螨类,而蚜螨为害,蛀食柞棵,于是瓢虫繁衍,专食蚜螨。如此这般,风暖日丽,荒野自然,柞树盛生;虫食木棵,瓢食螨蚜;水生土,土生木,木生火,循序往复,链链相接,环环相扣,形成自然法则,千年不变,谐和相处。可在忽然之间,人们以自然环保之名,将风力发电的大轮排排行行地竖在柞林山上,占了林地,修了路道不说,还留下逐年终日不息的轰鸣之响。于是,毁了宁静,坏了气韵,把柞林、风日、山脉、荒草、蚜螨、瓢虫的环链断开节位,强硬地嵌入了钢铁大楔,让它们宁静自然的法规宪册上,有了巨大的黑洞和破损。正是为了这个,瓢虫们才在每年秋季时分,在这儿召开乌托邦协调总结大会、誓师大会,研讨和谐,商讨日益受侵的应对之策。因为它们受侵日重,那大会的参与者也年年增多。这一次,我们在山顶林边,细数细算,共有七色瓢虫十三亿之众,其议题年年复复,而中心只有一个:你的环保,不是他人的环保。你受益而他人为何受害?那个时候,人们站在风力发电的银轮之下,而我独自到了柞林密处的一片金黄的内部,推开厚重的颜色,看到每一棵柞树的枝叶上,都裹着一层瓢虫的伏卧和嗡嘤,地上的每株草和石头上,都坐着、站着一片一片的瓢虫们,它们或洗耳恭听,或细语低声。认真地打听盘问,追根溯源,也才探明它们正在守着每棵柞树与每块石头,分组讨论,共商大计,终于就形成了一个共识决议:为了抵抗,要在秋末之前,对繁华的富锦县城发起比往年此时更大的反扑和攻击。

以为也就是一次窃听而已，以为也就是一场马拉松式的亿人大会的形式文件。结果，在几天之前给富锦的友人电话联系，他竟在电话上告诉我说，县城里的大街小巷，家家户户，还有各个办公室的屋里屋外，走廊过道，无处不是瓢虫翻飞，七星照耀。人走着瓢虫要往眼里落，人坐着瓢虫就往耳里钻。嗡嗡声似飞机低掠，野腥味如鱼虾搁滩，最后使机关不能上班，汽车不能行驶，县里不得不下发文件，通知人众，放假一月，至秋过虫去，一切再还本如常。

三

十月的东北，粮食已经入库，土地上只还有收割的遗漏和被收割后棵干的竖立。

我们要去看的，就是收割后的一些残余，如苹果园里下架后每棵果树上遗落而挂的几个硕大的苹果。那是富锦的一块粮食实验基地。说是一块，却是漫无边际。先看到整齐地擎在半空的向日葵，宛若腾空而起的一面湖水的金汤，在日光中荡动沸扬，涟滟流动。接下来，是一行行地搭在架上、彼此间为了不被果实压折而勾手扶肩地站着的女人果。虽是收获之后，而那葡萄状的果物，皮肤细嫩，面色桃红，有着一种让人见之欲抚欲含的光亮和大甜微酸的女人果特有的味道，呈着红丝黄线般的物形，在太阳下边缓扬轻飘。还有，高挂在空的青白葫芦，伏在地上红泥玉浆的盘状南瓜，长成黄瓜大小的东北豆角，割完又青的泛绿小菜，和一些茄子状的土豆，土豆状的红枣，红枣状的柿子，柿子状的脆梨，梨子状的核桃，七七八八，盘根错节，都在那粮果地里被人收获过了，又都因为收获的粗疏，还在那地里果实累累,寂寞而抱怨。仿佛一个腰缠万贯的果农,到了收获的季节,望着一望无际的丰收,对收获的劳作有了些厌烦,便同那负担过重的仓库有了一次合谋,最后只挎一竹篮小袋,到田里象征性地摘了几个,交给仓库,便宣布说收割一过,余者概不负责。结果那大片大片的向日葵、女人果、红南瓜、长豆角、青菜与果物,都还成熟地挂在棵上,落在田里,寂寞而无助,犹如一群又一群成熟而漂亮的少年女子,排排行行地站在阔大的广场,因为她们突然间在同一时辰的成熟飘香,反而使自己用自己的成熟与美,湮没杀戮了自己的美与成熟,让人淡漠、让人遗弃、让人因为丰硕过多而不再有所惜爱。因此,也就大片大片地把她们遗弃在了那儿。让她们彼此寂寞抱怨,让她们饱满成熟,空有一胸的青春。也就在这个让她们将要终生含泪守孤的季节里,我们到了。到了她们中间,于是,女人果的红亮,唧唧喳喳地尖叫着从棵上挣脱下来,冲撞着日光的阻拦,砸在了我们的眼上;向日葵灿黄的浓香,像被阅兵的队伍,整齐地迈着有节奏的步伐,横冲直撞地到了我们鼻下。卧在地面的盘状南瓜,自动地从秧棵上扯断牵挂,一翻身子,车轮般朝着我们滚了过来。挂着的葫芦,纷纷地从棚架上朝着大家斜身而飞,砸着大伙的头颅额门,如松软的枕头飞在了睡客的颈下。吊着的豆角,从秧藤上伸出手脚,扯着大家的衣角手指;路边畦里的青菜,水青碧绿,亲吻着大家的鞋袜,像小狗向它的主人摇着讨好的尾巴。于是乎,大家投桃报李,正中下怀,兵来将挡,水来土掩,先到那粮地边上时,都还只是矜持着在那儿的啊啊惊叹,及至后来,有人宛若见了自己久别的情人样,突然间,跑步过去拥抱亲吻了亭亭玉立在那儿的一棵巨大的向日葵的脸面,后边便都如脱缰了的马队,大家不约而同,蜂拥而至,卸羁而去,疯跑着踏进那粮果地里。要南瓜的抱了南瓜,要吃女人果的采茶样快手利指地去采着那美面女人。于是间,粮果地里欢叫声一片,采摘的手指莺歌燕舞。大家各取所需,共产主义,飞鸟落枝般啁啾鸣叫。然就在这个时候,有一个手持几盘向日葵的同仁,忽然倒在了向日葵的地里。又有一个爱吃女人果的朋友,瘫软着坐在了女人果的棵下;还有一个怀抱南瓜、手持萝卜的美女作家,因为头晕,丢掉手里的南瓜萝卜,慢慢地蹲着坐下,双手扶着冒汗的额门……

接下来大家惊慌失措,忙不迭儿把这几个似乎因毒而迷的同行往车上抬着唤着,急速地召唤大家上车返回。及至到了县的医院,一个个地往急救室中抱着,放在那雪白的急救床上,推往急救室里,进行输液抢救了半个时辰之后,值班医生才拉开屋门,站在门口,取着脸上的大白口罩,擦着额头的晶莹汗珠说:

"没事了,他们是香味迷醉。就像人缺氧了容易昏迷,有的人过多、过猛地嗅闻狂野的粮味果香,也容易造成这昏厥症状。"

黑土地上的茫白

在这里,晚秋不再是一种火色的图景,而是一种叮咚而来的气息。深黑,腥鲜,浓浓烈烈,像你的四周都在煮鱼,可又不是鱼腥鱼鲜那种针样刀样刺鼻割胃的味儿。土地漫无边际。真真正正的漫无边际。宛若天有多大,田地就有多大的宽广,缓慢地起伏升降,和天形成了对应。土地上的主人告诉我们,最小的田块也有一百多亩,最大的田块有两万来亩,大马力拖拉机耕地,一天也不能有几个来回。两万亩到底多大?相当于一个城市,还是一个人口松散的城区?问题不是仅有这么一块土地,而是成千上万块这样成千上万亩的土地连接在一起,而分割开它们的是和土地一个颜色的机耕路道或稀稀落落的钻天的杨树。在这秋冬之交,大豆都已收割尽净,钻天杨那白欢昼叫的奶白色圆叶也已凋落到不余几片。没有什么可以阻挡你的视线,你只感到你的目光从世界的一极一下望到了另外一极。

置身在这样的汪洋之地,再在你的身边出现一块浩瀚沼泽,芦苇枯败,荆倒水边,塔头草像骷髅头样半截隐在沉静的水下,半截浮露在微动的水上,你会想到一些什么呢?你能感受到一些什么呢?宽阔、辽远、沉默、死寂、神秘、惆怅、惘然,还有绝望或者无奈。你并不以为你是站立在土地的上边,你以为土地已经把你吞没，像沼泽吞没了枯枝败叶和塔头草的身躯一样。你不会觉得你是一个"人"，你觉得你是土地上的一段树桩，或者是由于耙耧的疏忽而仍然竖在土地上的坷垃。你没有生命之感，看见塔头草上或者天空内里忽然有了鸟动鹰翔，你不会对它们生出敬重或悲悯，你只感到它们也是田地中的一物或沼泽和塔头草的一个伴儿。你完全忘记了你自己。被辽阔的沉寂吓得有些恐惧，一动不动地直立在天之下，地之上，就这个时候，因为你毕竟还是呼吸着的一个生命，你就终于被晚秋之后土地的气息迅速地包围起来了。气息如水漫金山一样，从你脚下迅疾哗哗地升到你的头顶；也许，是从头顶，雨淋一样哗哩哗啦沉到了你的脚下。总之，你被气味的手推了一下，被气味的脚踹了一下，灵醒回来，首先嗅到了黑壮浓烈的土地的味道在你的鼻孔、喉道和胃里虫样蠕动爬行。接着，你就看见那味道里闪着浅浅的暗光，像深夜里树影下薄薄的月色；继而，因为你从来没有见过这样的辽阔和神秘，没有闻过一种气味的净洁是这样的浓烈与单纯，于是，你就感到了鼻孔从睡梦的混沌中醒了过来，它贪婪而又激动，如跑马占地样急剧地跳荡飞跃。

这时，你看见因为你的呼吸，加快了汪洋土地上空气的流动，看见黑色的土地的味道，塔头草在水中烂根后腐败的气味，沼泽面上枯枝败叶被水浸后欲沉欲浮旧衫布的气味，还有从遥远的那儿挤来的云色的杨树气味，它们推推搡搡，恐后争前，全都一股脑儿挤到了你的鼻下。你听见了它们流动而来的咚咚脚步，看见了他们流动而来的线路如阡陌小道上留下无数丝影的脚迹。它们是因为你才有了生命，有了意义，有了声响和颜色，形状和感受。可是，你在急剧地短暂呼吸之后，你却说，这大豆的味道好浓哟,像我站在了豆山的脚下,豆河的岸边,置身于豆湖豆海之中。你不知道为什么,从那么杂草丛生般的气味中,你灵敏地辨认出了灿黄色的大豆气味,像在牧场的草地上嗅到了牛羊的味儿,看见大豆的气息如水面上流动的日光一样,灿烂绚丽,在晚秋辽阔的落日下,朝你扑涌来了,有豆秆窃窃的私语,有豆荚如焚的哭泣,有无边无际的土地上无边无际的劳作,有寒冬雪野中悠长的叹息。而事实上,你并不知道你闻到的并不真正是黄色的大豆的味儿,而是那辽阔田地上人与自然的神秘和默契,是人对自然的征服与恐惧,是自然的消亡和生命的失去,是生命无奈的高唤与号啕,是人在北大荒这黑土地上的冷惊与战栗。

二

十二年前的十月五日,我与我的同事为工作而踏上黑龙江的这块神秘的土地,从齐齐哈尔下了飞机,观看了在秋末的郊野栖息在芦苇湖中的无数白鹤,又乘一天火车,最终到了闻名遐迩的嫩江平原的军垦农场。依着日程的安排,我们在那块浩瀚的土地上进行了十天的采访,走了我们能去的任何地方,不仅得到了我们想要得到的事典和思想,还意外地收获到了凄哀和神秘对我们的暗示和启迪。在那块土地上,曾经踏上过无数的神秘探寻者,不知道他们在那土地上是找到了芝麻开门的神语,还是大豆小麦的欢唱。那时节,庄稼都已全部收割完毕,豆场上堆起的大豆果真如山一样。我们从一个农场走到另一个农场,从一座"军营"走到另一座"军营",又从散落在黑土地上的村落、住户走到另一处散落的村落和住户。农场与农场之间相近的十几公里,稍远些上百公里。村落、住户与村落、住户之间,也大都有这样的距离。与其说我们是去采访感受,倒不如说我们是去黑土地上奔跑和体味。微温淳烈的气味五颜六色,川流不息;刚刚机耕过的土地上闪着褐色的泽光,如同无边的黑色绸布在日光下缓缓起伏,缓缓跌宕。偶有的一排两排白杨,在空旷里立着身子,朝着天空和辽远探头张望。能听见日光落地的声响,能看见沼泽和塔头草的温白腐味在空气中丝线样流淌。放学的孩子,孤零零地穿着陈破的衣服,背着书包穿行在世纪之末的时光里,像走在五十年前的田野土道上一样,他像一个人,也像一只羊,或者,更像一条迷路后寻找家门的小小的幼狗。辽阔形成了压迫,空旷成了一种挤压。我们感到了从来没有过的内心的荒野和无端无由的心惧。也许是因了这块土地,也许是因了那土地上的气息,还也许,我每到一处,话题扯得稍稍远些,便就能听到奇异的故事和那故事中的死亡。

踏上那块土地的第二天,我们所宿农场的领导饭后陪我们散步,走到一个井边,他像说某个人请假外出还未及归队一样,淡淡说三十年前打那一眼井时,有一个浙江的士兵在三十米的井下挖土,每挖满一筐,都以摇绳为号,待井上绳动铃响,大家就转动辘轳,系上那筐滴水的泥土。然那一天,有风有霜,那绳子在摆了几次之后,却永远地不再摆了。对着井口唤叫,也没有一点回应。另一个浙江老兵,说我下去看看我的同乡,便慢慢踩着井壁上的踏窝下了井去,然他下去后也一样没有摆动那根绳子。人们在井上等待唤叫,那唤声走入井筒,如被吞了一样,依旧没有丝毫的回应,于是,第三个来自安徽的老兵又踏着井壁下去了。三个士兵,三个在黑土地上耕种劳作了几年的外乡人,就这样一个接着一个下到井里,再也没有出来。我趴在那井口上朝井底长久地张望,暖潮的水汽湿漉漉地漫在我的脸上,我看见了三十年前的那三个生自南方的年轻人的生命像凋谢的树叶样,枯黄在那一圆水面上朝我凝视。他们一个说,"这土地的深处好暖哟。"另一个说,"我再也不用在地里施肥拔草了。"再一个,他脸上是安详平和的笑,看着我问:"你也下来吗?"陪同我们的场领导拍拍我的肩,说奇,是吧? 这没什么奇的。说他十几年前,在农场做机务站长时,站里有一个来自山东的兵,姓黄,二十几岁,人勤快精明,初中毕业,在当时是场里最有文化的人,是预提干部的苗儿。说他自到农场以后,沉默寡言,除了在无霜期的时节不停地种种收收,就是在漫长的冬季猫在屋里苦思冥索。他说那来自山东的士兵说,他家族里人丁兴旺,但连续六代人里,却必须有一个男孩在活到二十岁时突然死亡,其余的弟兄才会平安终生,成婚旺育。十几年前,这个农场还是一排草泥帐房,所有的士兵都睡在通铺的火炕上,每天夜里,劳累一天之后,人们倒在铺上睡时,都能听到那山东兵辗转反侧的不安和叹息。人们对山东兵说的话将信将疑。人们对他的叹息习以为常。人们以为他的神经有些过敏,待来年春天来时,重新开始昼夜的忙碌,他会把他所说的话忘得一干二净。可是,在那年冬天的第一场大雪之后,人们吃过夜饭,往火坑的灶里放了许多烧柴,大家在山东兵习常的担忧和叹息中进入了温暖的梦乡,然第二天天亮起床,大家都起来用烧化的雪水洗脸,他却没有一如往日样从被窝里爬将起来。他就那样死了,嘴角上有一些抽搐的白沫,那白沫因寒冷已经结成了冰,使他的脸微微地泛着生硬的青色。后来查看他的档案,才知道再有三天就是他二十周岁的生日。

这也许是个偶然,可在这块土地上又总让人感到一种偶然的必然。

还有一个死者,是我所宿相邻农场的干部,他在农场种地总共十八年零三个月,在这十八年里他只回过三次陕北老家。就是说,从十八岁入伍到黑土地上生存,到三十六岁时他每六年才回一次老家。他说他是孤儿,老家已没有任何亲人,人们也就信他老家没任何亲人。可是,八年前,在农场耕播完了大豆以后,他突然从农场失踪了。有人在他的床头找到一张纸条,上写"我到仙境去了",便从此无影无踪。一周后人们在农场正北几十里外的一片林地找到了他。他已上吊身亡,身子都已有了异味,卸下吊后,人们从懵懂中朝着四周观望,发现他所选择的死地,是一条从沼泽中凸出的坡田,宽有半里,长有十几公里,因为那坡地比水沼高出许多,黑土特别宜于生长,便因此长出一条杂林带子。在晚霞的照耀下,林带的枝叶上闪着青旺的光亮,像无数的蝉翼贴在那些枝上叶上一样。他是吊在碗粗的白桦树上死的,树下有他喝过的酒瓶和五样吃过的剩菜。就是说,他死前既没有什么恐惧,也没有什么忧虑,而是很好地享受了他能享受到的一点人生。他为什么要死呢?他死前坐在那儿边吃边喝都想了什么呢?他所选择的死地在春天里,草木花香,日光明丽,泽水清纯,不断有婉转的鸟鸣和粉红的蝶舞。那儿,的确是一块在黑土地上少有的园林般的去处。那么,那儿对他,真的就是一处人间仙境?现在,那条坡地林带已是一家农场最为旱涝保收的上好田地了。

三

并不能说我列举的几桩亡故是那片黑平原上必然的耕种与

收获,但是,只消你细心留察询问,在每一个上百人却种着上万亩田地的农场里,村落里,这样颇含奇异的死亡,都不是三桩五桩,甚或十桩八桩都是有的。不消说,如果我们能把所有农场、村落这样的异死统计起来,那将是一个庞大的数字,庞大的谜。我在一个从内地逃到那儿生存下来的农家吃饭,问起那儿的许多怪事,他说:"不怪呀,有什么怪的呢? 人想活着就活着,不想活了就去死,这有什么好怪呢?"六十多岁的老人,这样说时他满脸都是对人生和死亡的灵醒与彻悟。

对于死亡,肯定可以这样地说,生是来,死是去;我们来之母亲,归之土地。那么土地为什么是我们的归宿呢? 为什么天空、树木、花草、墙壁、石崖、沙漠、滩涂等等,这些物形都不是我们许多人终结的最好去所呢? 为什么土地才是我们一些人死后的家园,而不是天空和海洋,树梢或宇宙? 而我们从母亲的子宫出来,为什么不能如我们从一扇门里出来又从那扇门里回去样让我们重新回到母亲的温暖之中呢? 仅仅是因为母亲常常先于我们死亡吗? 可在这黑土地上的死亡,却是大都先于母亲的哟。他们为什么要死呢? 为什么要去寻死,而又死得那么轻松、执著、迷恋? 或者说,他们为什么会把死亡看得那么轻淡,那么无所谓呢? 难道生命对于他们还有第二次、第三次吗? 换句话说,是不是土地对于他们有着特殊的磁性和引力? 或是他们对土地有更为浓烈的厌烦和反抗?

从那块土地上回来以后,我对我所知的十余例这样的异死常常这样以为:在他们,也许生命就是物体、物件,如锄、镰、耙、耧、锨、锅、钎、绳、砖、布或者身上的一枚扣子。我们丢了扣子有多大的惋惜? 坏了一张锄、断了一根耙齿儿会有多少懊悔呢?

路边的一棵小树被风折断了,脚下的一只蚂蚁被我们踩死了,我们有多少感受呢? 在那儿,那广阔无垠的土地上,一年三百六十五天,只有一百一十天的无霜期,其余二百五十天都是生命的黑地和死谷。大地上看不见绿色,天空中没有鸟鸣。走出低矮的屋子是无边的雪地银白,走进屋子是一目三尺远的墙壁和土炕。那么,他们一年二百多天窝在这样的环境里都想些什么呢? 都思考些什么呢? 是不是可以这样说,在那儿,最幸福的人是那些不愿思考就可以不思考的人? 是不是那些从来不去进行太多思考的人? 那样的环境(土地)到底对他们的世界观、生死观有什么样的改变和再造? 我是一个很无知的人,几乎没有读过什么哲学著作,我永远弄不明白环境和死亡有什么内在联系,但我坚信,环境决定着人生,也决定着死亡。如没有父亲,母亲便不可能受孕,没有母亲,我们便永远不能出生一样。环境决定着一切,尤其在黑土地上那样的自然境况,不仅环境决定一切,似乎环境就是一切,就是生,就是死,就是生命的全过程。我曾经像中学生一样幼稚地想过: 环境与人,是人创造了环境,还是环境塑造人? 当然,人是改变了许多环境的,可环境在更多的时候却改变了人,塑造了人,创造了人的生、人的死,人生在世的一个过程。尤其在那片油迹斑斑的黑褐色的土地上,与其谈说他们的人生过程,倒不如说说他们与土地的关系与过程。

四

半个世纪之前,中国发生了至今使人忆之寒栗的自然灾难,究竟饿死了多少人口,怕永远是一个不可知的天文数字。就是那个时候,人们想起了嫩江平原的黑色土地,想起了那沉睡千年、广袤荒芜的新疆和海南。那些从战争中松了一口气的人，被神圣鼓舞起来，背负着一个民族吃饭的命运，成千上万地继续背井离乡，别家北上南下，开始弃枪荷锄，和他们祖先一样耕种劳作，垦荒种田。在黑土地上，他们吃的是雪水，睡的是雪棚——把几尺厚的大雪往四周一推，挪出一个窝儿，铺些碎草，就算是有了他们扛枪时为之奋斗的家床。早上起来，有人因夜里没有盖好，也没有好盖，活活地冻死后成为冰条、冰柱和土地冰结在一起是经常有的。还有的人，因吃不了那种苦冷，逃走后冻死在路上也不为新鲜。作为人，他们与自然对抗的力量被发挥到了极致，使我们这些后人看到了人类面对生存时不可战胜的勇气和精神。可惜的是，五十年之后，我们无法看到他们是如何在冰天雪地中原始地劳作，无法看到他们如何一锨一锨地开垦出上万、上万亩的荒田，更无法看到他们企盼的收获来到时，一场冰雹如何地把庄稼全都砸伏在田地上。据说，国家自然灾害后的几年里，一个鸡蛋只需几分钱，可在那儿每生产一斤小麦需要几元甚至上十元。然而，面对生存时，粮食就是生命本身的道理是谁都可以理喻的。当小麦和大豆从那块土地上被一车车运往内地时，那些人的辛劳、血汗和死亡，又显得那么微小而不值一语。不会有太多的人记起他们与土地的抗争劳作了，就像历史最终要忘记我们今天许多人所做的一切一样，他们的一切都已埋进了那黑色的土地中。我想，我能再次去一趟那儿就好了。我想，我能再一次在某个春天，而不是像在今年晚秋的荒凉中去那儿住上几日，多住一些时日，多从那深厚的土地里挖掘一些记忆就好了。那样，也许我就会明白那些异死和自然与土地的关系了，我就不会如现在这样只能把我所知道的画面片断生生地记录在这篇文章了。

——春天来了,他们开始日夜地翻地播种。从兴安岭那边吹来的污风,把尘土拂在天空,一天下来,他们除了牙齿还微微白着,身上全如在煤里滚了一样。晚上回去不会有谁去冲澡擦身,不是没水,而是太累,走不到床边人就睡着去了……肥沃的土地滋养着比庄稼更为旺茂的野草,垄间使锄,株间须用手拔。每年拔大草的季节,定工定量,日夜弯腰弓背在垄中机械地动作,每人的手都皮破血流,有人在拔草中掉下队来,回去找他时,他已经睡熟,踹一脚让他醒来,他却说我做了一个美梦,在一个新婚的床上睡了一觉……几十天终于过去,人已经瘦得不成样儿,庄稼也开始立身成熟,忽然有人病了,慌慌地往数十上百公里外的医院送着,到了那儿,医生却说,早都死了你们还抬这儿干啥? 领队的干部就说,赶快抬回去吧,明天还要施肥浇水……种地成了一种使命。短暂的无霜期成为他们生命的绷弦。终于熬到了收获的八月,小麦将熟时,一场大风把所有的麦棵吹倒在地上,像人死了倒在地上一样,永远地没有了成熟和生命。寄望于大豆,可到了九月中旬,也许稍早一些或稍晚一些,豆荚都已硬壳,满世界都已荡漾起黄绿的刺鼻的豆香。可在一个黄昏,或一个夜半,忽然来了一场冰雹,房子被砸出了裂洞。营院的猪被活活砸死在圈里。有一个人刚从厕所出来,头上被砸出一洞鲜血。待冰过雹止,人都往田头跑去,所有的豆秆却都已筋断骨折,青浆浆地瘫伏在那儿流着绿血。还有提早来到的寒霜。还有每年随时都有的洪水……他们因自然之灾而来,他们为自然之灾而活,还也许,为自然之灾而死。

——十四年前从江苏来了一批新兵,从来没有见过雪天,当把他们安放在黑土地上的冰天雪地时,他们不断地欢闹嬉笑。可一周后,他们却在一个深夜集体跋雪逃走了,然因了迷向,在雪地逃了三天,发现仍还在营院的几里之内,于是,就在大家四处寻找中,集体又返回农场了。四年后那集体逃走的六人,有四位让他们复员时,因不愿离开而抱头痛哭,拿头去撞墙撞树。

我还遇到了一个同乡,姓王,名留根,他已在那儿种地十一年之久(志愿兵),他距我家只有四十几里路,属一个县籍。在基本与俄界接壤的北国天际,相遇这样的乡人,彼此没有理由不吐露肺腑之言。我说你怎么这样安心?他说天涯海角,不安心又能怎样?我说你就没有想过回家?他说想呀,开始想了,头一年服役(种地)的春天,活一累就准备跑了,行李都已捆好,可你准备逃跑前,肯定得表现好些吧?表现一好领导就表扬我了,一季过去,就提我当了副班长。当了副班长逃跑的念头就没有那么强烈了,没那么强烈我冷不丁儿就当了正班长。当了班长我就想立功,立了功又想入党,入了党又想转个志愿兵,转了志愿兵又想转干,这样七想八想就过了十一年,最好的年华就像播种样撒在了这块土地上,也就把这块土地当成了自己的家。我说你前半辈子就打算在这度过吗?他说人在哪不都是那样忙忙碌碌一生吗?能让干我就在这种上一辈子地,种不动了我就和别人一样死在这。

程朝平是靖江市大觉乡夏仕村的人,在那块土地上劳作已经二十三年之久,有妻有子,且妻儿留在市内,因为不断让他转业回家不成,便夫妻离异,判决给他的是一笔巨大的外债数目,因他在那儿是农机好手,各类修理无障不除,他便利用休假之机,日夜到机械修理单位打工挣钱。然还了外债之后,他却又回

93

到那块土地上做他的机械修理师了。我说你真的爱这吗？他说这儿好哟，空旷无际，不用与人和社会打交道，不会有社会上那些弯弯绕绕的烦心事，扶锄种地，拿镰收割，就是冷不丁儿死了，找个阴处往下挖五尺，埋在那儿几十年尸体都不会腐化。他说，前一段你没赶上亲眼看看那一幕，三十年前我们农场一个战士总做梦梦见一个好去处，然后他就服毒自杀了，埋在西边林带地的低凹处。三十年后他哥来把他的尸骨往老家里运，挖开墓时他的身子、衣物、脸、手、脚和他的宽额门，都还和死时一模一样，人连一点都不化，看了让人好不羡慕呢……

五

我和我的同事在十一月七日离开了那块浩浩荡荡的黑土地。几天后传来消息说，时常陪我们的那位场长开枪自杀了，小口径步枪伸进嘴里把扳机勾下了。他倒在一片风景秀丽的林地旁。自杀的前一天，他接到了来自大都会北京授予他的一张光芒四射的荣誉证书。我不能把那荣誉证书上的字样写出来，我只能如实地说，我又一次嗅到了那儿腥鲜黑褐的土味儿，嗅到了半腐半湿的沼泽地气味儿，嗅到了塔头草和白桦、杨树那深苦浅青、微微蜇舌的味道儿，还有金黄灿灿刺心割肺的大豆的气味儿。

内蒙古行

一

七月下旬,随报社的朋友们去了一趟内蒙古的包头。本是怀着逃离的心境,以避一下北京的桑拿天气,却发现逃了北京的暑闷,入的是包头的酷烈。然更为酷的,还算不得包头,而是丢下行李,抓一把羊肉敷衍了肚子后直奔而去的鄂尔多斯的库布其沙漠。

因为对沙漠陌生的迷恋,让我忘了去库布其的方向,只记住了那个动听的名字——响沙湾。

日过平南,背对斜刺的阳光,行驶一百余里,也就猛地到了。到了,你从车上下来,忽然发现阳光不是阳光,而是燃烧的玻璃。且那玻璃没有物形,你可以撞开它左走右动,而它却遇你赋形,永远地贴你移动,围你烧燃,让你的骨髓里生出一股糊味。热就热着,焦就焦着,抬起头来,看见云是白的,透明。透明得能看见日光在云上烧出的薄薄青烟。还有云上的太阳,烧毛了边后,不再圆正,而有了蛋椭的形状,如烧透后变形的一块不算大的炽红的石头。举目远处,脚下是黏红的土地,背后是无际的半丘半壑的连绵。而眼前,越过一道沟谷,对面就是细沙堆出的一百多米高的沙山。中间狭长曲弯的谷里,还艰难地流着一股细水,脆弱,滚烫,如上帝用劣质铅笔画下的一道浅线,随时都可一抹而失。跨过河时，我们担心那水的柔弱，没人敢弯腰捧水洗手，也忍着了焦渴。生怕喝了那水，浅线会突然消失，沙漠会乘机越轨，扑将过来，如老虎越出笼子，开始猛扑猛吞。就都站在那河边看着。仔细地看着，像读一页字迹微小而模糊的文字。

过了河去，爬着沙山，卷来的白白亮亮的滚烫，如扑袭过来一股蒸气，以为脸上、胳膊上会立马烧出燎泡，慌忙的审看，暗摸一下脸庞，却是如常的好着，就放心地朝上攀爬，让沙子往鞋里钻着，一边享受着疼烫的沙浴，又一边恨不得想要蹦入天空，悬置起来，再也不落入那沙火里边。可终于还是必须落下，只好跳着跑着，伴了尖叫、笑声，还有年轻男女快活的泄欢，就听到了爬着沙山的人，在响沙湾里欢游的人，叫声在沙漠上跳荡。跳跳荡荡，碰碰撞撞，如千百个弹来弹去的声音的球。可这声音活跃不久，不远，又都被那焦干的沙漠吞着吃了，吸干了你唤声中生命的水汽，声音便都进了沙漠的肚里，死去了，消失了，不像在山脉、森林间有那样声音的生命再生的回音。你只要停下那种声嘶的狂唤，沙山就立刻成了奇静。陷入了死静。

静里边，还有着风从沙面掠过的声响。黄浊迟哑的声音，犹如遥远的哪里生命求救的最后呼叫。听着这样的呼叫，即便你伴有友人，有许多大唤大呼的游人，你还是感到了孤独。不是你独自在家的孤独，不是你夜行在城市的街上或乡间林边的寂寥的孤独，而是世界末日之后，人都去了，人类都已去了，连诺亚方舟都已漂流很远，只把你留在水将漫至的岸上，留在旺火遍烧的沙漠中的孤独。这时候，从内心深处袭上来的莫名的担忧，掠走了你心头上所有的记忆、经验和所能有的浅薄的思考，只还剩下那一窝儿的空白。原来那纸屑儿似的空白，这时也忽然大得无边，一望茫茫。你有些慌张起来，不安起来，就在这慌张恐惧的不安中沉默着，一言不发，默默随着那欢腾的人们，蠕爬到沙山的顶部，略一喘息，直起腰身，放眼望去，看到了一片惘然的白色：金黄沙漠的白色和自己头脑中焦干茫茫的白色。从那茫白中，隐隐看见了无数年前驼队路过这里的长长的魂影，那驼背上闪光的丝绸和飘香的茶叶，还有赶驼人吸着的中原幽香的烟叶。于是，你就待在沙山的顶上，望着那种无声而干裂的浩渺，听着岁月在消失之后留下的烟雾缥缈的浅黑的声响，嗅着现实的日光在现实的沙漠上照晒的焦煳的味道，木然地坐在了那沙山的顶尖，无意间把手伸进了沙里，忽然摸到一块生涩的坚硬，以为是游人丢下的什么，或是卷在沙中的石砾，慌忙从沙中拔出，竟是一段铁器。微锈、红黄、光滑，半弯的扁形，如弓曲的手指，拿到眼前细看，还有模糊的蒙文，忙慌慌跑去递给随行的有见识的包头人，说天呀，这是当年路过这儿驼队的马镫哦。自己便就惊恐，捧着那弯指似的一段当年的马镫，像凡俗之人捧着的经书，像农人捧着了一段古剑，像千年大旱后的一个士兵，手捧了一把菜子或者粮种。我站在那沙山的顶上，捧着那段儿残铁，知道那段残铁的贵重，也知道它与我误赠的沉重。站着，呆着，也就终于从呆中明白，它不属于我，就如粮种不属于一个士兵，古剑不属于一个农人。

这是一种错遇。一种恩赐的误赠。

我无知但还明白，一切大于沙粒、重于沙粒的物体，在沙漠的移动中，都只能沉于沙底，而不会浮在沙面。不会藏在沙山的表层。而它，这块数百年前刻有蒙文的一段弯指马镫，之所以要从沙山的深处用无数的日月，挣着身子，浮上沙山，我想它一定

97

背负着某种使命,携带着某种历史或遗迹的秘语,想要在某个时刻,遇到某个见识非凡的圣人,来传递历史或遗迹的讯息。可是我,只是一个逃暑的凡人,一个有着无数俗念的常人。这种错遇,正如一个问路的人,遇上了一个迷路的客;一个通报遇难的士兵,千里迢迢之后,找到了一座人走屋空的军营。问路的人,还要站在那儿等着新的问询;报信的士兵,也还要沿着线路继续朝前耗命地行进。而那块神秘的蹬铁,也还必须在那沙山顶上等着它真正的一个缘遇。

我背着友人、游人,又把那段马镫埋回到了山顶沙漠的里边——它原来所在的地方,那堆灼烫的时间的深处。回去的时候,我和朋友没有像别人一样去那沙山的一处坡面上滑沙下山,去倾听响沙湾的轰鸣回音,而是沿路而回,沉默而回。回到宾馆,喝水,洗脸,躺在床上,百无聊赖之时,拿起响沙湾那超值的门票,细读了票面上的一段解说的文字:

> 因沙子会唱歌而得名的响沙湾,坐落在内蒙古鄂尔多斯的库布其沙漠中,居中国沙漠东端,可谓大漠龙头。响沙湾高 110 米,沙宽 400 米,地势呈弯月状,形成一个巨大的沙山回音壁。当人们顺着沙山往下滑,便会听到犹如飞机掠空而过的轰鸣声,顿觉妙趣横生,美景壮阔。

离开包头不久,我听说曾有来自天津的六个游人,在响沙湾玩得兴致,蹦蹦跳跳之后,在山顶捡了什么,又扔了什么,最后就翻山往别处走去,丢了方向,致使五人焦渴昏迷,有一人死在沙漠;还听说我们离开之后,一日游人正多,突忽间沙尘暴呼啸而起,把响沙湾欢腾的人们,全都卷入沙暴之中,几乎都被沙尘埋没。说风过之后，有人再到沙山顶上，见有段弯指似的马镫铁竖在山上，勃然而立。说这段马镫铁后来被当地博物馆收留珍藏。

二

自包头箭着西南，百来里路，见了黄河，再箭着前行，六十余里，本就稀少的人烟，根彻着绝迹；灰荒的土地，原来有着水泽、碱痕和当地人都难以名叫的野草，这时，被从大地上突兀顶出的几座沙山，横亘开来，切断了茫茫的延伸。

荒野的生命，本就弱脆，可还终是被沙漠抹着去了。蛮横而来的茫茫的漠地，是我们迎来的更为茫茫的无边，呈着灰白；或者，是一种黄灰。日光一束一束，有力地刺着沙漠的地表，似了箭的利射。可是，沙漠也非是沙漠，它是水的绵海，日光的巨盾。近午时候，落在沙漠上的日光，宛若着一种冲刺、进攻或击打的呐唤。而迎着日光的沙漠，则是了稳固的防御、不慌不忙的坚守或面对厮杀、呐喊的茫茫窃笑。我们走在日光与沙漠之间，能听到日光落在沙漠上的声音，如同无数断箭碎匕落地的响音，哗哗啦啦，砰砰啪啪。偶尔也有突然穿耳的扑哧的响声，仿佛剑穿水包一样。

不消去说，这是日光和沙漠的一种争战。

我们不是争战的看客，而是越过交战双方核心地带的一批游贼。于是，日光便把投向沙漠的利剑赠射我们；沙漠便用它已经漫溢的滚烫煮沸我们。于是，我们便果真如了在呐喊中逃着的贼样，迎着天空的一片薄云，迎着一棵死树的凉荫，迎着从远方飘来的淡极的而捉摸不定的浅绿的水汽。

果真是一种水汽。

在刺眼的日光和沙漠的反照中，光是一种火，而水汽则是烈火中的一丝看不见的薄烟。行走在沙漠之间，对于水的敏锐，每一个人的鼻子，都如法国香水生产基地闻香师的鼻子样锐敏。都嗅到了神经质的潮润，还有点神经质的腥味。我还看到，沙漠半空的金黄中，水汽走在火光上嗞嗞的炽白的声响，如同丝绒从烈火的缝间强行地穿越。我们就迎着那丝绒般的水音快速地行驶，感觉到了那条带状公路上水样的亮光，不再是光和光的水幻，而将成为梦中的一个实在。

也就果然，有一片湖水，咣当一声，出现在了沙漠中间。咣咣当当，竟有了七片湖水，接连地落在沙漠之中。景象有异有同，大则一个足球场的地面，小则一个篮球场的面地，彼此间隔着一里、二里的沙山，或是十里八里的沙漠，因地而形，依势而形，毛边的三角，或者不修边幅的椭圆，再或是无形有物，随遇而安地呈着不方不圆、似方似圆的形儿。然而，它们的水，却都是沉静的清澈，睡眠中的静谧。岸边的芦苇，乌密的水草，也都一律呈着耀眼的绿墨。我们来到其中的一个，不大，有着两个篮球场的面地。四围都是伏卧在干烈中舞着尘沙的山脉。而在这山脉里，在这黄沙的山脉间窝着的盆地中，还盆着这湖清水，浅处过尺，深处过丈；漫在湖岸一边的芦苇，青成黑的颜色，密成旺发的盛茂，散发着清冽冽的甜味和森林间枯腐的润香；还有一股半金半碧的鱼腥气息，在日光的压迫下，从湖面爬上岸来，钻进我们的鼻孔、喉咙，如同人在千米的地下，嗅到的早晨阳光的味道。我们，还有些别的人们，就木在这水岸的头上，痴呆着，呆痴着，疑着那景象的真伪，如同疑遇了一个死人的复活。为了证实水和生命的实在，如欲要拿针去那活尸上扎出血样，我们——所有惊痴在水岸的人们，都从惊痴中醒来，慢慢蹲下，拿手去水中撩摸,或摘一片苇叶绿草,放到嘴中嚼嚼;再或,捡起一粒微石,小心地向草上卧着的水娃掷去,看那花蛙扑通一声,跳入水中,溅起的浪花,如舞荡在日光中的珠子。

终于也就相信,水是真的。湖是真的。沙漠,也都是确切的存在。梦,也是一种确切。也就坐在梦的边上,让湖面深绿的细风,拂了湖面和苇叶之后,再来拂着我们这些游贼那被日光灼成黑红的脸面。有一种安慰,也就从沙漠的深处、大地的深处,渐缓地走来,深入到我和朋友们的内心,像婴时母亲的乳汁,流进了婴孩那饥饿的喉里,越过生命焦干的隧道,浸入了我们成年、中年之后的心灵。也就想,这面湖——这七面沙漠中的七星湖,它和时间是什么关系? 和无边无际的沙漠是什么关系? 与人类的始末有什么联系? 如果把它比成是沙漠的心脏,那么,它是不是承受了太多的负荷? 还能在沙漠中跳动多久? 清澈多久?

沉默着。

沉默着,日就偏了。在大漠的落日下,寂静的声音,如同水汽在漠空微细的飞响。从湖边站起来时,我看到一只不知因何而死的青蛙,已经焦干成了地瓜片儿的颜色和物形,在湖边的路上,鲜鲜明明的搁摆着,昭示着,如生命在消失之前,最后以死亡的方式向人类的一次无言的询问和听不到的喘息。

三

第一次见到草原的心境,原是如同在沙漠中渴望着水的模样,幻想着齐腰深的碧草,一抹而过的细风,还有草间风过白现的牛羊,可及至到了那儿,到了已经更名为乌兰察布市的内蒙古集宁的最大的草原——辉腾锡勒,那种心境才哐的一下破裂,如

101

一块心仪的镜子不慎落在地上一样，成了一地扼腕的碎片。

原来，所谓的大草原，已经成了漫漫一片只是挂绿窝根的巨大的荒野。

草也还是有的，只是难得它有筷子的深浅。花也还是有着，红的、黄的、绿的，还有一些精妙的紫色，可惜不仅汉人叫不出它们的名字，就连当地蒙古人也都对那些花草熟视无睹到一种陌生。陌生到不知姓名的遥远。当然，也不全然都是荒景，当地人和投资商设置的跑马场、摔跤场、篝火广场、敖包台、戏台、饭店说不上繁华，但却称得个热闹。各种表演之前、之后的服务，也都相当周到，如果你肯拿钱，那些蒙古的小伙、姑娘，不仅愿意为你尽情地唱歌，也还愿意在你来时骑马捧酒，远途护驾迎接；离开时捧酒护驾，远途送行，使你享受着旧时蒙族头人的待遇。

也就想，草原枯竭，吃掉草原的哪是羊哦牛的，是我们人哩。而卖掉草原的，除了有人要买，怕还是更有人愿意要卖。还有草原上的文化、习俗，无形虽为无形，可却是能够把它割成一条一片，挂在市场上点滴的零售。辉腾锡勒，这是一个看不见的大的集市，集市两边的店铺，没有门面的房子，没有琳琅满目的货柜，赶集的客人们，却都能看见店铺的招牌和货架上货真价实的物品。当地的店主人们，也都有能力把他们的文化和习俗，捏摆成各式各样的商品供着游人的腰包，如同他们可以把空气做成饭菜，把流水砌成宾房。

这也就是了辉腾锡勒的草原。

好在，白天晃着去了。傍晚时分，有蒙族歌手的歌唱、篝火和礼花，谁都无法阻拦夜的到来。来了夜，也就来了空旷的寂静。还有酷夏的凉爽、风、云和在云间闪烁的星星。邀着一人、二人,在草原上默默走着,把自己甩在夜里,甩在草原上闪亮的沥青路上,在模糊的夜色中享受着感受,你似乎看见了齐腰深的绿草就在你的两边、前后,铺天盖地,盖地遮天。有各色各式你知名不知名的野花,错落叠拼着盛开在百草的顶端。草原的半空,是五彩、七彩的颜色,宛若连天扯地的一张巨大油画的浮荡。潮润的草腥和马粪湿腐的野香,还有我熟悉的柳树含着青苦的味道,这时都从路的两边朝你涌来、袭来。人是有些醉了。放弃着斯文,把自己横扔在路边,像扔一块没用的枯朽的木板,哐咚一声,随意地躺在草地上,望着浩瀚的天空,才发现自己和天是如此的接近。伸一下手,就抓了一把流动着的云,如抓了一把滑动在手中的丝线。然后,贪婪地盯着某处不动,把舌尖偷偷地从嘴里伸出,把自己的一切欲望都收回来放在舌头的尖上,这个时候,再双眼微闭,聚精会神,专注起来,也就在这个气定神闲之时,你感到了你人生中的许多年前、几十年前,那个突然降临的初吻,又悄然回到了你的已经有些干枯了的唇边,回到了你的经过许多风雨的脸庞。

你微微地有些心动。虽然微微,却在你的内心深处有了巨大的波澜。不敢睁开眼睛,不敢动一下身子,生怕那种感觉会砰然消失。就那么躺着,仿佛等着什么。等着一种新的开始。竟然也就等到了到来。是从遥远的哪儿突然传来的一声金色的马嘶。你感到了马温热的鼻息,感到了马的鼻息中吃了一天肥草的腥甜,感到了儿时因为躺在母亲怀里而到来的瞌睡舒适地压在了你的眼皮之上……

终于,也就闭实了眼睛。

可是,一辆打着两束强灯的大型施工车从路的那边开过来了。隆隆的。隆隆轰轰。从你身边过去时,草原下的大地都不得不哆嗦着颤抖。梦便醒了。也就不得不睁开眼睛,追着远去施工的汽车,知道草原的哪儿,将又有一片貌似蒙古包的豪华宾馆不久会从草原地下蘑菇般地透地而出。

轰地一下爆炸样透将出来。

四

淋雨是生活的一个部分,是人生的一部分组成。可是在我,却是许久没了。仔细想来,怕是十年、二十年,都没了一场透彻的淋雨。好在,这次在内蒙古乌兰察布的辉腾锡勒草原上,没有看到风吹草低见牛羊的诗况,却是赶上了一场轰鸣的大雨。

本是为了到草原几里外一条柳树沟里,说那沟里的柳树没有一棵挺胸直腰的生长,一律都是卧在地上活着,千百年来,上百年来,就那么卧成了藤样。每一株都弯扭曲拐的藤着,竟藤成了一处怪景绝色。

因此也就去了。

天下到处热得死人,草原上倒凉得冷彻,不租来大衣,人会寒得哆嗦。只好穿着大衣,去看那柳的怪景,可走至中途,将到柳树沟时,却看见遥远的日下,有了云的卷动,乌乌的,云都镶带金边,又呈着一些银色。接下,金银过后,有闪在亮,雷声磕磕绊绊,明明声音就在眼前,却要穿过经年累月的时间,才会走到耳边,如疲劳的马队,行军在山崖绝壁,有迟缓得得的响声,也有马坠崖下突静之后的轰鸣。这些残破齿轮似的雷声,以为只是老天送的一个惊吓,也就往前走着,大家都是一身勇武。可是到了草原深处,雨却到底来了。先是淅淅沥沥,后是噼噼啪啪,倾泻得连天扯地。于是,都在草原上跑着。跑到一面斜坡上的一片杨树下边,这才定睛看见,原来草原上的雨柱,和北京、和许多人稠物密的繁华地处的雨柱却是不同。繁华地处的雨柱多为直上直下,白色如漆;有时有风,也略带倾斜,但雨柱终是直的,如拉直的一根根白色的钢丝斜绷在空。可是草原上的雨柱,明明无风,树梢都是歇着,而雨柱,却是大角度的倾斜。不光是斜,还都弯弧形状,如巨大的丝丝弓线,彼此均匀平行地弓排在空,且它们不是漆白,也不是银白,是一种不曾见过的金白、透白。透白中发着金亮的色泽。看见那金白斜弓的雨柱,密集、匀实,虽是倾斜,却是给人飘着的感觉,落在身上,不是打你,而是如了抚摸。还有那甜的雨气,清新甜润中含着草的蓝碧碧的味道。就盯着那雨水去看,看见了闪里的透绿,看见了雷声磕绊里的弯曲的马道,流畅里的蹄音得得。看见了倾盆大雨时雨柱柔美的飘,细雨飘飘时雨线的绕。

还有雨中的杨。因为经年在草原上的孤寂,它们不像内地的杨树那样,长的张扬孤傲,在楼下它要与楼房一争高低,在旷野它恨不得枝叶蓬天,遮日夺地。草原上的杨,它们抱枝团叶,每一株都不与另一株争夺天空,只为生存守着一份团结,一情手足,枝枝相连,叶叶相叠,果真如一把密不透风的伞。我们守在那乌团的杨树下,听着雨声落在碎叶上弹奏的声音,韵律中有着对空旷的描绘,对孤寂的抗争,如内蒙古的原声长调《小黄马》的吟唱。再看那杨树的身上,少有如我们见到的杨树上探询世界的眼睛,仿佛它们默认了命运,对什么都不再询问,都不再探究,只有忍受,只有独自在自然中与自然的相抗相依,承受着独自走完守望的旅途,也就不用生了那样的树眼。就是雨水来了,旅人来了，它也不看你们，不对你热情，也不对你冷淡，与你默默，却与雨水窃窃。听不明白那是一种什么样的倾诉，是杨树对雨水的诉说，还是雨水对杨树的哭泣，但我们却是品味到了那谁与谁说中的惆怅和迷惘，寂寥和悲戚。也就在那树下默着倾听。看着雨水沿着树身朝下的汩汩流淌，却是尽力不朝我们身上滴落。看着草原上泛着一片又一片雨水的白光，电闪在左在右，雷声远远近近，而我们却都安然，却都干燥暖和。也就终于，突生了一份内疚。一份对雨对杨的愧疚。觉得我们要了它们什么，夺了它们什么。我就提议，都从那树下出来，让雨淋着。淋着回去。不再去看那柳树沟了。不再去欣赏那因风因雨、因空旷寂寞的地势，而不得不趴在地上长成藤的柳了。

就像我们不该把侏儒当成我们的景观。

也就终于回了。

个个都淋得透湿，打着寒的哆嗦。可在我们将要回到住处之时，雨却突然停下，一片明亮从西蓬勃而现，照亮了整个辉腾锡勒。仿佛雨是因为我们将到柳树沟而下，因为我们终于离开而停。然而，雨水却没有让我们有一场白白的透淋，它从一道沟边冲出了一块石头，火山石，拃宽尺高，布满蜂窝，型如壁崖，陡峭绝景，颜色灰黄；而在它的一面没有蜂窝之处，呈刻着一片团杨结藤，完全是一幅柳树沟的卧柳景色。不消说，这是一块难得的收藏。是收藏中的珍品。我捡起那块石头时，我的大衣已经湿透，人冻得哆嗦，可那块在地下埋了千年万年的石头，被雨水淋得干干净净，却还散发着袭人的火温。

这一冷一热，大约是上苍对我提议淋雨的一个回报吧；是对我从柳树沟边要求返回的一次自然的馈赠也亦未可知呢。

到海北去

草原从大地上扑将来了。

先是浆绿的颜色，浆绿里又含一些浅红。浅红深绿在车玻璃上迎面扑打。其次是发亮的草腥气息，从车缝中挤进越野车内，像大堤裂缝后挤泄而下的洪水，冲得人们东倒西歪、跌跌撞撞。最后，是天空中的白云，灼灼发亮，在车玻璃上叮咚跌落。飞鸟在清素的天空滑翔如凝着一样。牦牛和羊群的叫声悠然如歌谣在云下草上起伏滑荡。车子停了下来。草原吞吃了我们。大家被绿色的茫茫所窒息，在这草原上呆愣着，犹如一个哑巴的愕然。我想，契诃夫一定在上百年前的某个白天，坐着一辆没有弹簧的、脱皮的四轮篷车，悠然自得地出门远游时，从这草原上轰鸣而过。靖节先生陶渊明，也一定在一千五百年前的某个黄昏，因官场和仕途的屡试屡败，独自沐浴着落日坐在这空寂的草原上冥思苦索。

远处，白云响动。近处，草寂风息。没有人烟，只有远去的牦牛和羊群，走进并消失在无际的地平线上。我们的吉普车，在草原上就像一个漂在海面上的木盆。我们的人，在草原上狂呼乱叫，蹦跳翻滚，像真情做作的撒娇顽童。这委实是一个浪漫的地方，是一个让人内心猛然开阔的去处。闹翻的恋

107

人、情人倘能至此，一切矛盾想必都能不化而解；年近昏暮的夫妇，倘能至此，想必会重新获得活力感受人生的激情；官场、商场的败徒到了此地，想必会顿悟到尔虞我诈的无聊与空无，会重新换一种入世态度，以淡泊名利之心，坐观人生之戏。甚或，那些因某种缘由，决计寻短轻生的人，倘若能在死前到这海北草原走走看看，闻一下草原的清新气息，站在草原上静观那么一分半秒，他的内心必定会风息浪止，感到自己轻生的念头是多么荒唐可笑，幼稚得无以言说。原来，属于草原的大地，是让人类产生爱的一个库藏，她让我们内心开阔仁慈，让我们的头脑从复杂低下而变得简约高尚。一切龌龊在这里会得到彻底清洗，一切欲望在这里会变得美好而纯洁。原来，我们生活在人声鼎沸的环境里，忘记了环境的祖母是宁静的大地，忘记了大地才是人类唯一存在的舞台和背景，忘记了泥土和青草是人类唯一存活的生命源泉。我们怀着顿悟般的感受，望着草原东面缓缓凸起的山峁，我们仿佛隐隐听见了靖节先生在那儿浅吟低唱"暧暧远人村，依依墟里烟"；朝西走过去，是一条微洼的河川，河川里的青草愈发的稠密浓烈，当我们拨开那青草的时候，就看见了屠格涅夫"从去年的褐色的落叶中间生出很高的草来；蘑菇各自戴着自己的帽子站着。兔子突然出来，狗高声吠叫着急起直追……"的字句。转身朝南望时，我们看到了《草原》上的描摹，"眼前展现了一片广袤无垠的大平原，被一条绵绵的丘冈截断，这些小山挤在一起，彼此观望，形成一片高地，从大道右方延伸开来，直到地平线，消失在淡紫色的远方；走啊走啊，谁也辨不清平（草）原从哪里开始，在哪里结束……"

最后,我们就立在那儿,认定自己的脚下就是草原的中心,大地的中心,人生永恒的背景了。

二

穿过茫茫大草原,越过海拔三千八百米的大板山,忽然发现季节在同一地域里有了转换。绿色的夏天以大板山为界开始烟消云散,川流不息而来的是秋的景象。草地上开始是青黄相间,后来就索性成了一片金黄,仿佛那黄色是我们的越野车运来似的。偶尔的树木上,金黄色浓得粘粘连连,撕拽不开。因为静得久了,我们的车从树下平稳开过,能把那些树叶震得纷纷谢落。秋景是突然来的,夏景是突然去的,没有交接,没有仪式,有的只是你的惊愕。在这恍惚惊愕中,你有了喜悦。你看见了一片擎在天空的黄色,你知道在那片秋黄的树木下面,你终于找到了一处村落,可以停车歇脚了;可以下车对着高远的蓝天伸一个懒腰了;可以在异域的情调中到百姓家里吃饭了;甚至,还可以喝人家久年深藏的青稞老酒了。然而,等司机把车驶至村子的中央时,你会发现,你走进的不是一处村落,而是一个镇子。

仅有一条街的镇子,三十余户半耕半牧的居民散在一街两旁,像衣服上的两排纽扣。

镇子上仅有一个不足十五平方米的"百货"商店,店主是这个镇上的税务所长。

仅有一个二十几平方米的饭店,店主是镇长的一门亲戚。

镇政府、镇党委、派出所等机关部门同挤在有一排瓦房的院内,院里有一台坏了的四轮拖拉机,有一个半身高的厕所,因为周一是上班时间,就还有一个把上衣挂在拖拉机扶手上的警察,在院里值班扫除。

　　镇子上没有摆摊设点的商贩,没有扯旗挂牌的旅栈,没有现今异常发达的通讯和邮电,更没有代表时尚的逛街闲人。全镇不足二百人,安宁静谧便充斥着这个镇子。日光在街道上明丽得如玻璃上温馨的反光。咿呀学语的孩子们,摸着轿车如我们粗粝的手去抚摸光滑的丝绸。赶着羊群、半披着羊毛皮衣的老人从街的那头走来,朝我们和我们的越野车微笑着点头,他的慈祥在他身后就如夕阳般撒下一地。我们知道了,这是有三万多人口的祁连县的一个繁华镇子,可我们不知道这是上天恩赐给我们让我们心灵平静、歇息的一所去处。在百货商店营业的是一个在学写汉语的十二岁的姑娘,她除了用羡慕的目光打量我们,还在我们吃手抓羊肉时,把货架上代表着现代文明的几罐可口可乐拿来放在我们面前。我们问多少钱一罐,她脸红着不语。我们有人说,连这儿的小姑娘都会营生挣钱了,可见钱的伟大在世界哪里都成为一条定律。然后就让小姑娘把可乐拿走,开始议论起镇长家亲戚开饭馆,税务所长家里开商店的事。我们吃手抓羊肉,也用手去抓刚炒熟的新鲜蔬菜。我们用粗木碗喝水,也把青稞酒从酒杯倒至木碗,像喝茶那样把酒倒进肚里。我们想在这异地买张邮票、盖上邮戳送人做个纪念,找不到邮所就骂这镇上缺的不是邮所,而是一个邮电的所长。然后,我们酒足饭饱了,把四方饭桌弄得狼藉一片了,掏出一张百元的票子递给那镇长的女亲戚,问够不够时,她却躬腰接过钱,又微笑着躬腰找给我们八张十元的票子。我们为一行五人吃喝了两大盆手抓羊肉、一盘鸡蛋、一盘白蘑、一盘青菜,还有斤半青稞酒只花了二十元(天哟,才人均四元)。正感到得意时,却在饭店门口,看到相邻的商店那十二岁的小姑娘，突然又拿出一罐可乐和一把小糖，朝着街的对面跑去。街的对面，正有一位朝圣妇女，背上背着一个东张西望的孩子，一步一跪地从街上跪伏走过，小姑娘把那可乐和小糖塞到孩子手里，又迅速地回到商店，趴在柜上写她的汉字。一切都如什么也没有发生一样，朝圣的妇女仍然跪伏着朝街的西端走去。小姑娘仍伏在柜上写字，似乎一个字的左边已经写完，她只能低头把那个字的右边写完才能去想、去看哪儿一眼。而送我们走出饭店的女主人，因为我们还没有上车，就用那永久依依的目光送着我们，永远礼仪地半躬着她的上身。

太阳在这个温馨、宁静的红山嘴镇的街道上流动而过。赶着牛羊回牧场的牧民们，挥霍着他们身上的亲切膻味，从我们身边过去时，都轻轻地冲我们点头微笑。远处一道道的山脉，显现出深褐的红色，阻拦着我们的目光，阻拦着我们的思想，把我们的人、心同聚在这个镇上，使我们终于觉悟感受到，我们在这个镇上，也许是走进了一片大地的内心，看到的这个镇子可能只是某一块土地上大地片断的映像，要不然，辽阔的土地上为什么会突然生出这么宁静的镇子？为什么镇子上的温馨会如梦般离我们遥远而又别样？身临其境而又恍若隔世，是不是因为我们要从人生的都市走来，途经海北，上天才有意在我们路过的某处临时生落、安排出一个红山嘴镇和那镇上的人景物事呢？

我们离开那个镇子，又继续往海北的深处走去。

三

这儿是海北的天涯去处了，再向北行，就到了祁连山上。料不到山上有雪，且是刚刚落的。满满的一日行程，我们从夏天走进了冬日。到处是一片皑白，到处是一片荒疏。山连着山，林连着林，草地连着草地，然后，由山、林、草、河流和荒野组成的大地，就连着上天了。落日时分，在这儿可以看到狼在山头上张望；清晨起来，也可以看到梅花鹿在雪地上行走。因为这儿有一座历史悠久的军营，所以这儿才有了一户最海北的人家。这也许，是因为这儿有了一户人家，才有了最海北的一座军营。我们的目的地是那座军营，可我们几年后仍然不可忘怀的却是那一户人家。

那户人家姓拉姆，居住在一条崖下，一条土路将他们和外界连缀起来。他们是上帝遗落在海北深处的最后的人类，那里也是上帝为我们存留下来的一处最后的圣地。他们的神圣和故事，使每一个到过那座军营的人感叹和震惊，使那块祁连山下的海北之地，更加的高贵和自尊，更加的神秘和圣美。

那已经是十五年前的事情了。十五年前这儿有十余户半耕半牧的藏民们，他们日出耕牧，日落息作，可谁都不知道军营里一位同是海北籍的班长和一位天天赶着羊群从军营门前经过的牧民的女儿相识了，他说他是在站哨时和她认识的，她朝他看了看，他朝她点了点头。他们相识了。三年后他将要提干时，他们相爱的故事已在军营家喻户晓了。部队条例规定，战士不能在驻地谈恋爱，领导便找他，让他在提干和姑娘中间做出选择。他没有犹豫，他选择了后者。领导又一次和他进行了深谈，再次让他在退伍和姑娘中间做出选择，他知道他不能选择前者，可他也知道，他若继续顶风选择后者，他就会被强行送回老家，那时他的父亲、哥哥们就会把他锁进屋里不让他再回海北了。因为，他的父亲、哥哥都受到了强烈的汉文化的冲击，都在西宁做事，其愿望就是让他离开海北到所谓文明的省会成家。于是，前者、后者他都没有选择。他对领导说让我回去想想。从领导屋里出来，正是当午时分，外出训练的部队的脚步声，在军营里的半空又冲又撞。山脉寂静，天色湛蓝，这个海北深处，发生了惊人的一幕。在部队走进营院时，他搬来梯子，爬上房顶，从半空飞翔着落下了。

惊叫和鲜血伴着粉碎性腰脊断裂，他终身残废了。当他拿到退伍证的那一天，军营的门口，站着那位牧羊的姑娘，她穿着鲜艳的民族服饰，推着一辆用平板车轮改做的残疾车，车后还有那十余户村民们。出来为他送行的是那营院的全体官兵，他们提着他的行李，他伏在领导的背上，如一个交接仪式那样，他们把他交给了牧羊姑娘，交给了牧羊人土制的残疾车。现在，他已经是一双儿女的父亲，那辆残疾车是他生活的全部空间。和姑娘结婚的第二年，政府动员他们都搬到祁连县城，姑娘问他我们也搬吗？他朝她摇了一下头，他们夫妻就告别那十几户搬走的牧民，永远在这儿住下了。为了照顾他，她不再出门牧羊、放牛了。她每天推着他，把他放到荒芜的田头，照他说的方法去开荒种地。他们在那条沟里整理开垦出了十几亩田地。她学会了种小麦、玉米、地瓜和青菜，精心地喂鸡和养猪。他们在这海北的深处，过的是弃牧从耕的生活，粮、菜、肉都是自给自足。农忙了她就把他推到田头，他一边做些力所能及的事情，一边在田头不停地跟忙着的她说着话儿。农闲了，她就把他推到门口太阳下面，由他教着儿女学写汉字，她在他们身边为儿女们缝制着本民族的衣服。她推他已经推了十五年，推他的时候她的眼里总是有灼灼的光亮。他十五年在车上总是不停地跟她说话，她听了十五年，每次听他说话都如第一次一样。他们的爱平静博大、平淡深邃，一如他们脚下的土地和山脉一样神圣和古老。冬天是茫茫白色，夏天是烈烈深褐，无论你站在哪儿遥望，走进你眼帘的都是远大的寂静和神秘。有时候远处的山上有隐隐起伏的细语，有时候，缓起缓伏的草原上又遍布了不可知的声响。十几亩田地，在沟底或方或圆，水流绕着田畦地埂四季不息地流淌。半草半毡的房屋在一隅四方四正的院落里，鸟在树上，鸡在树下，鸦在房后的崖中，人在耕种或缝补，这究竟是一幅日常图景，还是一个人生去处呢？我们在那座军营住了三天，我们和这户人交谈了许多。

我说："十五年你没离过这儿？"

他说："去哪儿呢？哪儿能比这更好？"

我说："你不寂寞？"

他说："图的就是这份清静。有儿、有女，有媳妇，有粮、有畜，有日子，我寂寞啥？"

我说："你残废了你就不后悔？"

他说："我留在海北了我还后悔啥？海北这地方来三天新鲜，住三个月会烦得只想拿头撞墙去，可你要住上三年，你就会再也不愿离开了，在这过日子就等于上了天堂啦。"

四

海北深处真如他说的那样吗？

我们将永远无法理解海北大地所赋予海北人的那种不顾一切的仁慈和相爱，无法理解那样的仁爱为什么会更适宜海北的土地和气候。但是，我们知道了，来自大地深处的精神，才是我们人类最不该遗忘的。大地才真正是我们今世的房屋、道路、菜园、粮仓和唯一歇息的处所，是我们永恒的来源和去处。

与我同到海北的除了基地的干事、司机，还有一位漂亮、智慧、极富才华的女诗人。我们一行几人，每到一处食宿，向来不唤不叫。早晨，当墙壁上响起击掌的声响，那就是要起床洗漱了。接着，这个击掌声会从一个屋子传到另一个屋子去。午餐和晚饭，统一我们行动的也是这个掌击墙壁的声音。我们还做了许多别的在今天看来单纯幼稚、做作可笑，像成年人学着孩子撒娇样的事，可在海北深处那荒疏、静寂、富于仁爱的土地上，我们觉得只有那样才合情合理，才和那块土地节拍一致。而当我们离开海北那块土地不久，那位陪同我们一路、为人极为友善的司机，一次，却莫名地和领导争吵，并很快从省会西宁退伍了；陪同我们的干事及诗人，生活里都发生了极大的变故。就是我自己，许多地方也都不再是到海北去之前的那个我了。我常莫名地奇想，如果我们也留在海北，我们会是什么样子，会有什么样的生活呢？海北大地上的神圣和北京都会高楼下的庸常，哪一种力量更大呢？我们盛赞大地与草原，可果真把我们置于那里，我们会活着还是会窒息？那么，我们对大地的歌颂又有几分是矫情、几分是真意呢？

云南行

不是失眠,委实是因为这里的清净过于猛烈,使瞌睡丢失了它的枕头,最终让你无法走向酣然。闻着从远处漫来的滇池薄而透明的气息,朦胧中看见四月夜里的房间,青色的潮润在床头像穿过雾气的丝线样走来流去,还有沉郁的一股花香,如鹅毛般拂着你的鼻尖,这样,你如何还能存有睡意?宛如肩上总是负有沉重,突然间卸了包袱反而不能适宜一样,你从繁闹龌龊的一个大都会里,一脚踏进昆明的极度清净之中,白天也还能够承受,到了夜里,却是再也不能肩负起这安谧、宁静、透亮的无声无息了。

那就起床走走去吧。

小心地走出宾馆,迎接你的是澈明得似乎欲要破裂的天空。碧蓝的星星你在许多地方都已见过,童年时也曾把手探向高处,捧着那种碧蓝在手里把玩,然而,在这完全如假的一样的清净夜晚,你竟发现许多透蓝彻绿的星星中原来含了许多紫橙、粉淡、青绿、浅褐、淡墨和深柔的白亮。你被这剧烈的清净惊呆在宾馆门前,想原来星星的颜色是这样的丰富透明,甚至透明得有些杂乱、空旷、真假难辨,那么,我看到的是不是它最初的本来,是不是它色彩的本源?仿佛是一幔漂洗过的沙帐,静静地站过一会儿,你看见了满缀星星的天空的纹络,看见了纹络间有宽有窄的纹络的缝隙,终于,感到夜空明净的湿润,已经把你的眼睛从老年的昏花,洗净到了中年的惯常,又从中年的常例,洗到了少年、童年的晶莹,于是,你迈出不敢轻信的脚步,试探着脚下的坚实,直到觉出一种实在,才慢慢地离开宾馆,踏向了某条马路。

去哪里?

到处都是深蓝的静谧。马路边上的建筑,有些虚幻的立在那儿,像月光下的树影一样缥缈。街道上早已睡息的店铺的鼾声,似乎是深山的哪儿挤流出的一丝细泉的音响。那就信步朝着一个方向去吧。如背叛一样,你朝着城市的外边走去,看见城市上空五颜的灯光,在夜的静寂里边,被你留下之后而明明灭灭,窃窃私语,呢呢喃喃,如在梦中没有找到母亲的婴儿样,不安地发出可怜的奶叫。不管这些,你只管朝前走去。脚下是这个城市最为繁华的一段地带,马路的中间,竟然有丈宽米深那么一条水道,清粼粼把马路劈分为二,使白日里逆向相行的车和人流都被分配在水流两侧,而在这夜深人静之时,累乏的两条街道,平静地躺在水道两边,仿佛街道是漂浮在水面两岸一样。你看了一眼写有"巡津街"三个字样路标,便沿着水道的边岸一直向前走去。脚下的水流,舒缓叮当地响在你的耳边,使你的耳朵眼里凉丝丝如被拂挖般惬意。从河道上飘上来的腥鲜水汽和河岸壁上乌青色的苔藓气息,在你的脚下绕去绕来,你绊着它们,像脚步踢着细微的风声。

夜哟,实在是静得无以言说,你竟然在你脚步声的间隙中,听到了你踢断水汽的咯啪声,还有水面上的什么虫儿如柳絮飘舞那样的欢叫声。在那个巨大的都市,在你过去的生活和人生中,你从来没有享受过这样的清净,不知道被清净淘洗和浸泡是一种什么味道。可是现在,你似乎明白了,所谓的清净,必须是有让你能忘掉一切的功能,劳累、烦恼,和与人争嘴战的想念,都能够因清净而烟消云散,化为乌有,更不要说别的龌龊和肮脏了,而留在你心里的仅仅是那些诸如水流不停地向前,它是否劳累?扑鼻的清净不停地向这个世界奉献,它图有什么回报?还有,尘埃无休无止地落进水中,清流会有什么抱怨之类,除此,在这清净里,你还想什么?要什么?想什么、要什么才能不辜负这一夜的清净?

巡津街在你脚下宛若被卷起的一匹布样被你丢在身后,高楼、桥梁、脚手架、红绿灯、广告牌,如此等等,这些为了繁闹而降生于世的是是非非都在清净中沉默无言,低头不语。偶尔从你面前走过的一个行人,似乎是和你一样,为了享受这份清净,才在夜街上漫步来去,所以他看你,和你看他一样,异常小心,生怕如打碎玻璃样惊了这个静夜和你们周围轻柔的静谧。这样一步一缓,终于就到了哪儿,从街心的一座立交桥下绕到一栋楼前,穿过那栋高楼厚实的暗影,你隐隐地嗅到一股粉红色的气息,从遥远的哪儿飘来,浓郁而迟滞,如漫溢而至的湖水一样。你寻求着那股气息朝前走去,面前突然开阔起来,除了无边无际的月光和无休无止的寂静,再就是无头无尾的柔润了。你立了下来。你知道你已经从市区到了郊野。被月光染成青白色的细风微微吹着,你看见你的面前,除了浓郁的清净夜气,还有一股黎明的绿色潮气,石林冷硬成块的青石气息,丽江黏稠雾状的花草气息,中甸马帮那无拘无束的野山气息,版纳一眼望不到边那淳厚无比的热林气息,还有大理、玉龙、保山、潞西、思茅、文山、昭通的那些无可名状的气气味味。

而那里，一定有着比昆明的寂夜更为深远的清净和静谧。因为那里的土地，据说不是人世的土地呢。

二

名扬天下的昆明石林，不经意间留下了太多的人工痕迹，这多少让人兴味索然的沮丧，但这一切都在斗牛节的大跋场上得到了成倍的偿补。你原以为，斗牛也就是日常北方乡村的牛斗，在某一个山坡或者村口，两头黄牛相抵相撞，把牛角间挤碰成热硬的块儿，到一头终于对那热硬无法坚持之时，便节节败退，一走了之。可是，你却发现，彝族的斗牛，搭根儿不是那样，不是两头牛吃饱后的泄力，不是如顽童样的游戏，而是一种庄严的仪式，是一个民族对力量和生命的一种崇拜，是对生活热恋的表达，是对大自然与万物生灵拜谢的热切叙述。

也许，是对一个民族生存的敬礼或祷告。

日光把四月十二日的斗牛节照得通体透明。山脉上的阡路花枝招展。踩着厚而结实的光色，顶着薄而明亮的云絮，那些蓄了一年竞力的彝族男人，牵着他们的斗牛从许多方向朝着大跋场如期而至。牛呢，并不使你能够看出它有多少特异，除了牛角上镶有三角铁的利器之外，也无非就是健壮、年少和有虎虎生气而已。这样的黄牛，和北方耕牛相比，再多的就是主人对它的娇生惯养罢了。为了让它替代主人对世事热爱的某一种表达，在斗牛节降临之前的许久许久，主人都已让它脱开田地，养精蓄锐，待终于到了这样的日子，除了主人穿上镶了花边的节日盛服，还在牛头上披了大红的针绣丝帕，在牛脖上套了天然的奇草花环，然后，他们牵着它们，后边相随了艳丽的彝族少女、少妇，踏着花草，从阡陌的路上款款而来。因此，你把目光缓缓地投向远处，如慢慢品味一束打开的长卷之画，也就终于发现，正因她们的相随而行，才最终使这个节日显出了美和隆重，使这个节日有了磁场和力效，使牛和男人，显出了力量和生命。

大跤场是山脉中的一块天然盆地，四面隆起的山坡，正好形成环形的看台。那些乘着节日到这儿经营小本生意的彝族老人们，他们的脸上虽然也有沧桑，却更多的是对节日感谢的深色笑意。斗牛开始，是在日将平南之时，其赛序编排，完全与你见到的淘汰赛一模一样，把斗牛分成若干小组，赛出小组首名，然后首首相斗，各争出线，最终进入冠军亚军之争。你就坐在看台某处，夹杂在彝族人和游人中间，品味着当地小吃，手拿着贱价买来的独具民族风情的小工艺品，丝毫不会有球迷那样的偏颇倾向，一边把目光投向大跤场内，一边又不断扫视着周围的风情异物，甚至还要到各处的新鲜中走动走动。

然而，在你的悠闲还没有消散完毕的时候，你发现了看台上的人们，"砰"的一响，全都拉长了脖子，猛然间，你看见男人们的脖子里全都青筋勃露，少妇、少女的脸上都红光灿烂。于是，你慌忙把目光投向斗场，继而看见了斗牛场上，尘土飞扬，牛角的碰撞声响成一片。前进的斗牛吼声四起，倒退的斗牛悲鸣不断。半空里血星飞溅，脚地上牛蹄隆隆。你知道这已是小组赛的最末阶段，参加冠亚军决赛的健将将轰然生出。你不知道攥在你手里的小工艺品什么时候落在了地上。你忘了那最后一口风味小吃还含在你的嘴里。你完全融化在了那种滚烫的紧张之中，半张着嘴，紧捏着拳，目光盯着斗场一动不动，直到你的眼珠有些疼痛，有几个男人抚摸着他的败场斗牛，惋惜地将那力竭的黄牛从大跤场上领将出来。

偌大的大跤场上，经过了半个时辰的沉默之后，空气突然凝动息流，日光灿然无语。看台上的上万名观众在这种静谧中冷不丁儿骚动起来，他们各个站起，重新寻找着有利地形。你知道最后的冠亚军之争即将产生，知道那两头英雄之物在仪式中已被各自的主人豪傲地送进场内。你和所有的看客一样，慌忙拣了一块凸出地面的石头立将上去，刚把目光投向大跤场的中央，就叮咚看见日过平南的光亮下面，两头健牛四角相撞的声音像火光样闪在半空，它们抵头弓腿，铁硬着脖颈，彼此向对方逼近靠拢，仿佛在地核、地幔的运动下，地表的两座山脉正在彼此接近碰撞。脚下有隆隆的轰鸣，半空有隐隐的雷声。看不见两头健牛出拳般地用力，只见它们黄亮的脖子在一节节缩短，背脊上骨骼在隆起、变形，梳理过的牛毛一根根针刺样竖将起来，它们进进退退，退退进进，使看台上观众的无数目光，在相随进退中有了关开城门的扭动之声。汗从你捏紧的拳头缝里挤了出来。踮起的脚尖使你的脚脖儿又酸又胀。你担心某一头斗牛的角儿会如大风中的树杈样突然断裂。你不敢再把目光盯在斗场，感到时间如烧红的铁一样垒在你的四周，暗自祈祷着斗牛早些结束。

然而，待你把目光收回时，却看见你身边的几个彝族男人目光盯着斗牛，双手捏着拳头，脚下却在不自觉中跳着轻快有力的舞步，而他们身边的几个艳丽的彝族少女，也正面带微笑，一边看着他们的舞姿，一边看着斗牛。你想，这也许是一个民族与斗牛、与灵物的一种融会与脉通。你想借这样的场合、机会，弄明白这种融会的来源与过程，可是，突然之间，所有看台上的人似潮水般向台下涌去,绣边的手帕和鲜花,噼噼啪啪,雨一样从少女的手中向某一头斗牛抛落而下。

不消说,斗牛像拔河拉断的绳子样,在突然之间结束了。

乡记

村头的广告

　　说的原来,是指久远的四十年前,那时"革命"还像穿堂风样吹在这个国家的大街小巷。四十年前,我家住在村头斜错的一个十字路口,因着路口,又是乡下人赶集入镇的一径必途,因着那个路口,就总是透着乡村别致的繁乱和韵道,是村人们的一个饭场,也是一个会场。也因此,就在我家的山墙上,抹下一片水泥,涂了黑漆,形如学校的一块黑板,让那儿成了一个村庄的通告和广告栏儿。

　　儿时的广告栏儿,多写着"抓革命,促生产,明天都到河滩砌坝去",或者"大公无私,斗私批修,今晚在村口开大会"什么的。有了这样的通知,人们便端着饭碗,在那广告栏下瞅瞅,并无认真细致,也就席地而坐地吃了喝了,说了笑了,让日子如风样在那路口吹去吹来。可是,到了上世纪 70 年代尾末的一天,那广告栏里写了这样八个拳大的字儿:"承包到户,明天分地。"同样是有些枝蔓横生的粉笔字迹,同样是一则带着强烈社会意识的通知,可这八个字,被写在那广告栏儿时,黄昏的落日,粉红淡淡地晒在村口,晒在我家的山墙上,村人们端着一如往日的汤水饭碗,去在那广告栏下站了许久,说了许久,每个人的脸上,都带着这个国家给他们送来的兴奋,也还有他们从自己人生中总结出来的"东风西风"和"三十年河东,三十年河西"那种风风凉凉。然而,说归说着,疑归疑着,当来日生产队长拿着匹尺,带着那时还叫社员的村人们,到河边与山坡上分地时,人们还是被某种失而复得所鼓舞,在田野上漫过来,卷过去,把写有各家户主姓名的桩子和木片这儿插插,那儿砸砸,直到那些扛去的桩子、木片插完了,砸完了,地也分完了,时间早已过去午饭的钟点和景致,村里西去的日色,由冬日的黄亮转为润红时,人们才从山野上团团乱乱地走回来,说笑着,打闹着,回到村口后,那些饿着肚子的人们,仿佛出门打了胜仗凯旋归来的士兵,他们散漫而自在,扬眉吐气而又无拘无束,在村口彼此分手时,有几个中年人和年轻人,不知是忘乎所以,还是有意地不管不顾,竟解开裤子,取出东西,在那广告栏下的路边,无羞无耻、松松散散地撒起尿来,且撒得天长地久,流水花开。

因为分地,人们错过了午饭,因此晚饭便提前了许多。那天的晚饭,人们在黄昏到来之前,竟都早早地端到了村口的饭场,端到了那黑板似的广告栏下。原来,那广告栏里写着"承包到户,明天分地"的一行字下,不知是谁又捡起地上的粉笔,歪歪扭扭地写了极不雅致的一句精锐:"我操,竟是真的!"就在这不够雅致的话下,人们不约而同地改善了自家的伙食,有的破例炒了肉菜,有的破例烙了油馍,还有的竟然杀了只鸡,把炖的鸡块端到饭场,让人们共食共餐。明明是为了某种庆贺,特意杀的宰的,却偏要说鸡不生蛋,只好杀了;明明是特意地如同过年,从床头的枕下,取出了岁月中珍藏的油盐必需的费用,上街割下了一刀肥肉,却偏要说有亲戚来了,送来了一刀一秤的寡肉。就在那村口的饭场,在那广告的栏下,一村人吃得山呼海啸,说得天翻地覆,完全如那村里降下了一道吉祥的圣旨一样,和皇帝亲自到了村里一样,和一个村庄忽然成了一个国家,村人们要在那黄昏前进行一次乡村别味的开国大典一样。

后来，我当兵走了，家也搬了。

可每次探亲回家，我总会不自觉地路过那儿，有意无意地去注意那广告栏儿，见那广告栏儿上不是写着"计划生育是国计民策"，就是写着"要想富，先修路"，或者"电话通你家，声音走天下"，再或"大洋摩托，方便快捷"之类的广告词儿。时代变了，那词儿也被时代风吹雨淋，今天这个，明天那个，直到黑板似的水泥牌儿上，黑漆彻底剥落，连灰白的水泥墙壁也开始有一片一片的裂痕下脱，直至再也无法用粉笔在那栏儿里写字。以为那是曾经承载过一个又一个时代的广告栏儿使命的终结，剩下的事情，就是它用最后的生命，力所能及地承载着乡村人们不能行走正途的联络和小广告的张贴，比如写在白纸上的"某村新进配种公猪，猪种健康，收费低廉"；写在红纸上的"某村医生专检男孩女孩，堕胎半费"等等，这样一些半真半假，却又卓然有效的另一类广告。以为北方乡村的时代，和这个国家的许多事情一样，表面混乱，内里却有着它的必然；表面有序，内里却有着它乱心的芜杂。以为我家那座山墙上的广告栏儿，在经过了几十年的世事之后，它已经从一个又一个时代宏大的语境中脱退出来，完全成了民间的一块普通墙壁，成了乡村百姓可以视而不见，可以让它与生活有关无关的，如一日三餐之中，多了一粒大米或少了半根青菜样的可有可无。尤其是我家的老宅，经过了二十几年的闲置，早已临靠了房倒屋塌的景色，连那面原来平整直竖的山墙，也都有了许多欲倒未倒的破败。于是，今年春节回去过年，母亲说老宅老了，院墙都已倒塌，不如把它完全扒掉，以免有一天发生意外。这样，我就想起了我已经多年不再注意的那面山墙，想起了忘记多年的那个广告栏儿，也就在春节间的某个上午，特意若无其事地去看了我家老宅，去看了那扇广告栏儿，看了老宅周围的邻人和树木，大门和路道，天色和空气，就发现老宅周围的邻人们，原来都住着土房草屋，现在多都住着瓦房楼屋；原来每家院里都有几树几木，一个院落如着一片林地，现在各家的院里都用水泥铺了，光洁空旷得和广场一样。原来那村口饭场的边上，汩汩地淌着一条小河，一年四季流水潺潺，水汽漫弥，现在那小河干了，河也没了，河道上被新宅的主人们盖起了一排机砖新房，砖瓦石块那硫磺的味道，在天空和街道上漫舞飘荡，你去找那丢失的河道，仿佛走入了一条新建的多少让人迷向的城街城道。

我到我家那闲置的老宅墙下，先看看四处倒破的院墙，又看看每间屋子都入风透雨的瓦屋，最后到了仍还竖着的那面山墙之下，以为那墙上的广告栏儿，早应该彻底脱落，不复存在，可及至到了那儿，发现那广告栏儿，竟还依旧在着，仍旧地破裂，也仍旧地平整完好，仍旧地贴着这样那样正途和邪道上的广告，比如："张医生帮你生男孩，电话6538××××"；比如："租用水晶棺材，请拨打1390379××××"等，就在这片老旧的广告栏里，广告的白纸红纸，草纸报纸，撕撕贴贴，贴贴撕撕，有着几片树叶的厚薄，在那片水泥墙上干裂翘动，风吹纸响，有一股灰白色霉腐的纸味和晒干后的糨糊味。然而，也就在这一片杂乱的广告中，有着一张不知谁刚刚粗粗野野横贴上去的红纸，尺高米长，上写"无论公树私树，谁再砍伐，我日他妈，男人不得好死，女人生个孩子没屁眼"。这是极致的污脏，也是极致的通告，在那一片乱杂的广告中，显得卓尔不群，刺目醒神。我站在那儿看了一会，会心地一笑，闲散着走了。

回家，母亲问我老宅扒吗？我说墙都竖得结实，先不扒吧。

镇上的银行

　　时日复复地走着，物象也复复地变着，我儿时记忆的故乡，虽在世事中变得缓慢，但总算没有被这巨变着的世界，在不经意中扔至世外。原来村中沙土的大街，现在成了水泥的路面；原来土坯的草舍瓦堂，虽没有江浙水乡那样楼墅的变化，但也隔三差五地有两层红楼点缀在村里，如同冬日质朴的原野上，偶尔开出的几朵土色的花瓣，不算艳丽，也总还算奢侈的花儿。在那村里，所谓复复地变着，其实是说，原来老街上各类店铺中的药房、饭店、邮局、商场，一切集日里必需的买卖场所，都从村里搬到了村庄外的一条街上。

　　那条新街，是一条宽敞的公路，一街两岸上的紊乱、繁华，恰是时代在北方乡村的写照。而当年作为逢五遇十招来四乡百姓熙攘的街道，则被寂寞地扔在村中的原处，像一条被遗弃的旧的皮带，无奈地半卷半展在那有了千年的村史之间，被稀落的人影踩着，与那老旧的瓦屋做着年老的旅伴，只有总是卧在街边的狗和在老街上咕咕叫着的鸡群，没有显出半点对它唾弃的意味。

　　还有，就是老街上不知为何没有搬走的那家银行——那家银行，在那里坐落了有四十个年头，早先的名字是叫信用社的，后来不知哪天就改叫了银行。如同村里的某个孩子，谁都知道他的名字是叫小狗，可有一天他却有了大名，有了学号，叫了"爱军"或者"爱华"一样。而它，就叫了银行。叫了也就叫了，其实并无变化,村里人知道那叫了爱军或爱华的那人,也还是当年叫着小狗的那个孩娃。那叫了银行的它,也还是叫过信用社的三间房子。变了却也没变,没变却也变着。十几岁时,我曾经去那银行玩耍,一街两行卧着的土坯房子,都在努力散着它的灰土气息,宛若马队从田野上飞过之后,使土味尘味,有了沸腾的机缘。倒是银行那三间青砖到顶的瓦屋,在街上显得沉静、庄严,虽然有些傲慢,但也不失大家闺秀的风范。它鹤立在街的中央,散发着只有新砖新瓦才独有的硫磺的香味。那三间瓦屋,两边住人,中间营业,砖砌了柜台,台面用水泥(那时还叫洋灰)抹得锃光瓦亮。而且,在那柜台面上,还竖了一排钢筋栅栏,通向屋顶,这就显出了它的威严、神秘和令人仰之的金贵的富有。我去玩耍时候,是看那银行的地上铺了青砖,正可以在那地上弹那玻璃球儿。也就在那弹了。滚来滚去,玻璃球落在砖地的声音,和人家的琴棒落在弦上一样。营业柜里那个织毛衣的姑娘似的媳妇,那时她已经有了身孕,脸是红色,挺着肚子,双手在织针和毛线上忙来忙去。她听见了我的声音,从那栅栏里探头看看,宽容地并没有说句什么,就又坐回了头去。我也就继续在那砖地玩着,弹着的玻璃球儿,让发光的透明在那里滚来滚去,还引来了许多别的孩子。

后来常去。

再后来,我就不知为啥不再去了。

大约将近三十年以后,我已经从一个弹玻璃球的孩子到了中年,我家住着的那个有几千口人的村庄,因当年是公社机关的所在地,现在就是乡政府的所在地;人口也从不到四千,翻番到了可统计的七千有余。所以,乡又被改为镇时,村就成了镇子。

可是银行,却还是那个银行,如许多地方的县被改为了市后,街道还是那些街道,只是县长叫了市长。

几年之前,我同母亲去那银行存钱——几千块钱,放在家里母亲不安,说存到银行安全,还能生息。也就陪同母亲去了。乘着中午的日暖,踩着换成了水泥路面的街道,走进那原是铁皮红门的营业厅里,才看见银行也还有着变化。早先我打玻璃球的砖地,成了花白的水磨石地面;早先水泥面子的柜台,已经镶了粉红的瓷砖;还有那两三寸宽的钢筋栅栏,也都喷了银漆。我们去时,还有漆香在那营业厅里徐徐地飘着散飞。还有一个变化,就是当年打着毛衣守着营业厅的女人,那时已经不在。柜台里坐着的是一个看着小说的小伙,他年轻、斯文,二十几岁,戴了一副红边眼镜;我们办完存款手续,他还对我和母亲说了一声"谢谢,欢迎再来"。

从银行出来,日光变得有些刺眼。

今年回家,看那银行已经扒了。说不知为何,上边把它撤了。也就扒了房子,废墟处的砖瓦上,有鸡、狗动着卧着。有麻雀就站在一条花狗的背上尖叫。阳光明亮亮地照着它们,像照着一片在风中翻动的银行的史页。废墟给鸡狗营造的快乐,仿佛是一笔利息给它们建下的一片乐园。

乡村六说

一

说起田野，委实人为地有了过多的诗意。但它的诗性的本身，却是极少有人去发现、去展示、去述说。我们看到的田野的文字，如同山梁上叠起的阳光，一杆杆、一束束，把黄褐色的土地照得很是流光溢彩了，十二分的金银化了，可那真正从土地深处溢入生活、营养了人生的东西，却被写诗的笔忽略去了。也读到田野上生发的苦难，泪咸得很哩，血也红得甚枫，然那土地对泪和血的吸收却是不见了的，至于血泪在和土地融合之后，新的温馨的丰沃，也是很少有人看到。我想，田野之所以成为田野，并不是因为收割前它四处漫流着黄灿灿的麦香，不是秋天的那个很少的天数里，山上山下、漫无边际都是红彤彤的色泽；也不是说，它在被收割之后，如作家的描绘，袒露了母亲一般的胸脯，新犁过去，土地的气息，便无休无止地淹没了村落、河流、车道，还有别的什么。这些都太为诗情，太为次要。我是这样想的：既然你是田野，你不生长庄稼你干什么？作家和诗人都是田野的外姓人家，只有农民们不是。那些人太喜欢面对田野惊惊乍乍。老成的农民们，面对田野是什么也不说的，他们月深年久的沉默和田野深处那没有响声的诗性，其实有着无尽的沟通和暗合。

如果我没有说错，如果你们觉得我还像个农民，记得我的祖祖辈辈都埋在田野里的话,说我对农民还算知道一丁半点的话,或多或少,信我这么一句:真正的田野上是没有诗的。诗是诗人的诗,田野也没有优美的景物,那万里无垠的景观,也被作家境界化了。

真正理解田野的,世界上只有一种人,农民。农民说田野,也只说一个字,地。田野这个词语,本身就被诗化了的。几分的诗意,就隐含了几分美美妙妙的假。地,才还原了田野的本身哩。地也并不是说有土就是地了,必须有劳作,有风不调,雨不顺,有许许多多的人,不知是从哪一辈开始祖先们都埋在那里,连骨头都腐化成了雾浓浓的土,不小心才会偶见一块布满细小蜂窝的骨骸,这才勉勉强强有了地样。还应该说的,地上不仅仅一定得有战马的印痕。牛蹄比战马的印痕更为实在和接近地心。马蹄太历史化了。田野其实被历史压得汗津津的,可真正在地或田野上生存的人,却大多被我们看到的历史挤到了马路边上。这好像也是该的,他们也那么的不以为然。从那历史的田野上和田野的历史上去看,他们白茫茫一片,干净得荡然无存了。而我们翻阅到的历史上,命运、人生、派系斗争和中国与外国人的马蹄,大多与他们在那里的生存无太大干系。

我以为,地也好,田野也好,诗也好,文也好,真正的田野,不是土的丰厚和贫薄,不是丰收或者歉收,不是马蹄或者牛蹄,该是庄稼和荒草之间,秋天和冬天之间,活着和死去之间,孤孤寂寂地站了一个人;男人也好,女人也罢,但他(她)是必必然然的农民,脸上布满了爷爷的皱纹或是搭了一缕奶奶枯干在额上的灰白的头发,远远地瞧去,宛若一柱被雷击劈了的桩木,近了,你才看见,他或她的怀里,拖了一个死了的孩娃。孩娃的肚子鼓着,嘴角挂了浅红灿灿的笑。他是吃了新的将熟的毛豆胀死了的,所以他死了还笑。或是吃了一肚新麦,胀着笑着死了。老人去找葬埋孩娃的地方,走了千里万里,昼行夜宿,黄昏前赶到了田野的一沃田头,说这儿好哩,旱能浇,涝能排,你就在这儿活吧孩娃,你爷你奶还在家等着生老病死,我回去给他们准备棺材去了。就把孩子埋在那儿走了。一路上没有回头望那小小的新坟,却叮叮当当留下一路歌声:

一路的庄稼一路的土
一路的活人一路的丘
今天我从庄稼地里过
明天我往土地里边留

这歌声是土地真真正正深刻的诗哩。

这个时候,土地才真正有了历史,有了诗性,成了田野。我一直以为,历史并不是时间的持续,人生也并不是时间的记忆,只有埋了孩子还一路唱着从地上走过的脚印才是时间、历史和记忆。那踩下的这种脚印的地,是真正的人生、命运和田野的诗性。我是这样认为的。

我这种想念,好多人不予点头。我知道我的褊狭。可我的固执和一成不变的褐土一样。无可奈何的事情,无论别人如何,它都是依然。就随它罢了。

二

村落在今天似乎已经成为一个符号。村落的真正含义很少有人去界定。权威的词典说村落即村庄,又说村庄就是农民居住的地方。这样的逻辑,完全符合了人们惯常对村落的理解,完全可以把村落、村庄、乡村相互等之,笼统解释为农民们聚居的地方。但若仔细辨认,村落、村庄、乡村似乎应该有些什么差别,比如说乡村必然是在偏僻的乡下,而村庄就有可能独立出现在繁闹城市。许多大都市里至今还有村庄的存在,但那村庄里的主人却已不是了农民。这样说来,或是村庄,或是乡村,或是村落,是可以咬文嚼字去分辨它们的。然而,这些好像都不重要,人们都不会去刨根问底,重要的是农民聚居的地方和那个地方的人。

你走在山脉上,阳光斜斜地照着,山梁上除了嘎嘎不止的乌鸦就是徐徐晃动的树,这时候口也渴了,你不断把手放在额门上朝遥远张望,而遥远回答你的是荒凉无垠的黄褐褐干裂的田地。恰就在这时你对什么产生绝望的时候,听到了井上辘轳的叽咕声,水淋淋的,明亮而又清丽,心中一震,转身看到一凹山腰上有几间、几十间草房,掩映在树木间,仿佛卧在树荫下疲累的牛——这个时候,你心里叫出了"村落"二字,开始对村落有了一些真正的了解。

再或,你走在南方稻田的埂上,沉浸在一种诗意里,回忆如落果一样带着熟透的香味噼噼啪啪打在心海上,唐人的诗句、宋人的词句如春风一样掠过你的心头,放眼着良田万亩,正为"东风染尽三千顷,白鹭飞来无处停"的夸张感到贴切时,一阵乌云先自来了,雨声在你身后如风中的沙粒一样追着,心里一慌,诗句如柴棒一样被你丢弃了,于是,你惊了手脚,在田埂上跑得东倒西歪,也就这个当儿,从哪儿划出一条小船,先递你一张荷叶顶在头上,后扶你上了船去,赶着雨水的到来,把你载到了一丛草房的檐下,这个时刻,你心里喔咚一声,忽然更加明了村落的含义。

实际说,村落的真正意义,并不仅仅就是农民居住的地方这一点。村落应该还有一种精神,一种温馨,一种微微的甘甜。村落是和城市相对应的存在,对于农民,它给予他们居住、生活、生存的必需,而对于都市,它给予另外一部分人以温暖和诗意。它既是一种物质存在,又是一种精神存在。我们可以从村落中找到农民、房舍、树木、街道、耕牛和鸡羊,同时也应该找到农民自身生存的艰辛和对外人所付出的温馨。古文人怕是最能体味村落的含义的,因为他们大都不仅能写出村落的诗境,还能写出村落的愁苦味儿,无论是李、杜、白,还是"八大家",再或任何一位写过乡村和农人的诗人,他们对村落的理解,都浓含了"愁滋味"。可轮到我们,却偏颇得很,不仅没有了对农民的"愁味儿",连诗境也剩下不多了。单单地写出愁苦来,那不是村落,而是村落中的人;单单地写出温馨来,那也不是村落,那是村落表面的诗境。到了今天,我们对村落连愁苦和诗境差不多全都没有了,剩下的就是一个符号,就是聚居农民的某个地方。所看到和理解的,有过多的太平昌世,过多的新楼瓦舍,而农民那千古以来一成不变的生存形式和他们在那形式中所表现的给别人的温馨、对自己的麻木和忍耐,却是被人们从村落中删去了。

连我自己,做小说的时候,对于乡村的描绘,也是不断重复着抄袭别人的说法:"站在山梁上望去,村落、沟壑、林地、河流清晰得如在眼前",或说"模糊得如它们都沉在雾中"。而实际上,村落的真正是个什么,沟壑的意义又是什么,河流在今天到底是什么样儿,我这个自认为是地道的农民的所谓作家,是果真模糊得如它们都沉在雾中了。

回到对村落的理喻上来，我不敢说别人什么，而我自己，或多或少，总是感到一种内疚的。我们对村落意义的删节，并不单单是因为社会发展所致，更重要的，是我们对农民的背叛。今天，我们中的一些人称工人老大哥也许蕴含着对工人的讥讽，而称农民为老爹，又有几分真诚？只有在大都市住腻的当儿，我们才会想到村落，而想到的那个村落，除了田园的诗情，对农民的愁情是决然不会有的。这是当今盛世中村落的悲哀，农民的悲哀，而对于村落以外的人，是什么也谈不正的，或幸或悲。

三

山脉就是山脉。

对于人类来说，就是"三山六水一分田"的笼统划分。而对于某一个国家、群体和某一部分社会，山脉就是资源，就是我们战胜自然的敌人。而对于农民，对于农民中的多数祖祖辈辈都聚居在山脉中就如镶嵌在山崖上无可弹动的石子一样的农民，山脉除了是他们生存的依赖（靠山吃山的说法就体现了这一点），而更为重要的，山脉是他们的语言、性格、习俗和文化的根源与特征。

我们时常可以碰到和听说这样的事例，山这边的人家听不懂山那边人家说的话，这种景况在苏、浙、闽、赣、湘、粤、桂等南方山区尤为突出，一个乡有几种方言是很不足为奇的事。一岭一林，隔开了两个村落，形成了两种方言，这与其说是语言不同，不如说是山脉不同。因为山脉是形成这种不同语言的最根本因素。由不同语言所带来的集体性格特征的异样，也自然使习俗和文化有所差别。比如某个民族的人刚毅豪放，某个民族的人能歌善舞，这种差异全都因之于语言与文化的根本区别。而语言、文化等的不同并且千百年来互不发生因果变化，又都是因山脉（河流、沙漠）等的阻隔。因此，大到民族之间，小至村邻之间，山脉（还有河、湖等自然物）是阻隔文化串异的屏障，是形成文化多样性的根源之一。

山脉形成和发展了我们民族的文化，山脉自然也阻挠了我们民族文化的发展。北方农村少有一脉相阻、语言便不相通的事例，但一脉相阻，人的灵慧程度不同却是异常的普遍。我家乡的栾川县境内，你可以看到许多这样的景观：山这边人家，在当今社会中，买买卖卖，头脑十分灵活，甚至你问他路从哪走，他都想回答后获得一些报偿。在山这边的人家中，男女穿戴入时，起居赋新，房舍多为楼屋，家具多尚新式；而山那边人家，房子多系草舍，穿着多显老样，甚至姑娘出嫁还有穿绣花鞋的习俗。倘若你有机会到那儿走走，在山这边借住一宿，是一定要交住店费的，可到山那边借住十天半月，不仅食宿不消交费，你走时他们还要把你送出村头，再强硬地白送你一兜珍贵的山鲜果实让你带着。

"死活你都带上，这是我们山里人的一点心意。"

山这边人时常骂山那边人傻痴，山那边人又不断骂山这边人尖刻绝情。山这边人很愿娶山那边姑娘为妻，说她们勤劳能干，又耐得吃苦，脾气上来打几下也不是不可。可山那边小伙就不愿娶这边姑娘，说她们好吃懒做，不孝敬公婆，急起来敢拿着菜刀和男人对打。种种的不同，都是因为一山相隔。你以为这种人、习俗、文化的差别，是因为当今的商品经济的潮汛先半月到了山这边所致，也许后半月就会潮到那边去，可你翻开他们的县志，又能找到这样一段记载：

> 有史以来，南（山人）慧北（山人）朴，皆是缘了汉时山南有一古庙，南山人靠卖香造箔赢利日月，北山人靠种地买香敬神日月。

这段记载不失趣味，也不失道理。一山之隔，翻过山去，也就顿饭工夫，可山这边古时就知道卖香箔赚钱，山那边人只知道买香箔敬神，这种差异，怕是山脉阻隔所导致的最早的差异了。由此可以推而广之，山脉对农民，实质上是一堵精神之围，生活在山皱之间的农民，一方面依赖山脉，种地要去山腰上垦荒，木材要去林地砍伐，野菜要去崖头采摘，就是本该人均等之的阳光，也要靠山缝中漏落。生存在这样环境中的农民，房屋在山皱间如同荒草坡上的一卧草堆，几丛农人如同林地中动物的一族，他们的文化，他们的习俗，他们个性的集体特征，又如何能不受山脉的抑制和约束？山脉滋养了他们的生命，也滋养了他们的文化，滋养的程度同山高山低山深山浅成为正比，同他们对现代文明的接壤成为反比。仍然以我家乡的栾川县为例，山南人慧于山北人，临近集镇的村落又慧于山南人，城里人又慧于村镇人，这是无可更改的一种自然，一种山脉（大自然）所形成农民人群的自然文化表现。反之，村镇人朴于城里人，南山人朴于村镇人，北山人又朴于南山人，道理亦是如此。由此可见，农民之于山脉，山脉之于农民，他们是决然的不可分割。甚至可以说，山脉中的农民，他们的血液不是叮当流动的红色液体，而是凝在脉管里而又起起伏伏的山脉。

是否可以这样说：山脉中的农民，山脉就是他们了呢？他们的文化、风俗、个性、语言及他们的一切，山脉的不同，才有了这些的不同。

如何让山脉中的农民从山脉中解脱出来，尽早、尽快地和现代文明更直接、更广阔地接壤是另外的话题。如何让今天社会的潮汛翻山越岭地荡到山脉的农民中去，让信息、观念如他们门前、院落的果木一样，出门可见，熟之可摘，实质上政府部门已经付出了车船可载的努力，且这样的文章，也正被社会写得沸沸扬扬，大有流芳千古的样儿。这儿要说的，是山脉的本身。

山脉是人类的故乡。

而今穿绣花鞋出嫁的山里农民毕竟极为少数。无论农民还多么贫穷、落后、原始，有目共睹的是毕竟都已知道"外面世界"的繁华和发展了，或多或少，都已被商品的潮汛所浸染。"北山人"的古朴令我们叹赏，而"南山人"的聪慧就不令我们多思吗？说到底，就是自汉时南山人已经明白卖香火赢利，可十几年前，他们到底和北山上差异不大，或说共同处甚多，毕竟都还是"山里人"。然而，现在的事实是，山里人的古朴已经开始从"南山人"身上逐渐地消失。

"从这儿往何家屯怎么走？"

"我给你领去你给我多少钱？"

"不用领，你给我指指路。"

"指指路你给一根烟。"

一个十岁或是十二岁的男孩，童稚浓得如雾，问你要钱还是要烟时，睁大的双眼明亮如星，他们索要的能力却远远超过了都市人的精明，面对这样的山里儿童，你会不假思索地断然说，——我们这个社会一定有了病。

什么病？

——山脉变异症。

我想了许久，称之为"山脉变异症"。虽不十分贴切，却能说明问题。这种变异，不来之于山的那边这边，与山脉本身无甚干系，它来之于都市的现代文明。我们一方面盼望现代文明能一日千里地在一夜之间改变农民的命运，另一方面，我们不能不担忧，现代文明向我们最后古朴的堡垒的袭逼。

山脉，那些居住了农民的山脉，是我们中华民族最后的古朴桥头堡。一旦这个桥头堡被文明所击破，我们民族的旧居将荡然无存，每一位想寻找民族故乡的中国人，都将看到的是新旧建筑相错而立的"现代庙宇"。川端康成在战后的日本看到美国的文化在他面前无孔不入时，对日本传统美的倍加疼爱、抚摸和守护，使他的作品成为世界文化的一个部分。他的自杀，事实上是对日本传统美的最后的坚守，至于诺贝尔文学奖，事实上是对这种传统美的壮大。可惜，中国没有这种为民族的故居——山脉守护的殉道者，没有为古朴而献身的现代人。甚至，在今天西方文明铺天盖地卷来的今天，人们一边叫着返璞归真的口号，一边忘了山脉才是民族的故居，是民族文化的重要源地之一，是我们民族传统的最后的桥头堡。

如同人类的发展必然毁灭人类自己一样，我们所有对山脉和山脉中农民的政策、舆论、扶植、奖励，都是以消灭山脉给山脉中农民所形成的农民与农民之间，山脉与山脉之间的文化、个性、习俗、语言及道德观念的差异为目的。有朝一日，这些差异不再存在了，山脉如都市一样，农人与城里人一样，我们民族最后的古朴和传统就不再存在了,这个桥头堡就最后消失了,这也许是山脉和山脉中农民的幸运,但毫无疑问,是我们民族的不幸。

因为那时,我们民族没有了故居,人类,没有了故乡。

事实上,"山脉文化"正在消失途中,我们已经到了需要如川端康成坚守日本传统美一样坚守"山脉"的时候,可是,又有谁来拦路一喝?也许,就这个时候,哪个中国的川端正在孕育之中也亦未可知。

四

"河流是地球的项链"。十岁时候,从一篇小说上读到这话,很为作家的比喻惊讶。借机会爬上我家房后的山梁,穿过一片桃花盛开的园林,红粉粉的气息蛛丝马迹地被我带到山顶上去,我便嗅着那红的气味,把手捧在额上,童年的奇幻感觉就无限地膨胀起来,爆炸起来。我左手搭在一棵嫩槐枝上,看到山梁下的伊河白银银地沿着伏牛山的脚跟,弯弯曲曲,随物赋形地向下流去,哗哗啦啦的声音,是我清晰无比地看在眼里后才似乎响在了耳里,还看见那青色的声音里有轻微的链摆和雪白色的音响。从此,我记住了我家乡的美丽,把农民和我父母的艰辛一概地不看在眼里,认为课本上的"江南水乡"决然不会比我故乡的河流好到哪里。从此,我不断到那宽有半里齐腰深的河流里去游泳。有次差一点淹死进去,母亲的巴掌为此在我的屁股上留下久远的印痕。然而,尽管差一点死了,我还是对河流情有独钟,依然偷偷地去游泳、捉鱼、摸蟹。

再往前边说去,在我还不懂得"河流是地球的项链"的含义的时候,最早关于河流的意识,是我家门前的渠儿,一年四季清水哗哗,媳妇和姑娘们的棒槌声经常敲打在我的牙上,使我的牙齿听到那种声音就莫名地酥痒起来。这渠儿的水源,来自村落南侧的一条河滩。河滩里的水清清粼粼,凉得使人笑着哎哟哎哟。记得,那个年龄似乎走到哪儿都要过河,不是去寻找河面上的枯桥,就是寻找河面上水缓处的跳水石头,实在没有奈何,才会脱了鞋子,卷起裤腿,抱着衣物过河去。我常常认为,世界就是河流的世界,包括北方的山脉、沟壑间,也是山高水高,梁长水长。我不知道哪儿没有河流,不知道没有河流的世界该是多么的荒谬和不可思议。

然而,到了我的儿子该学写作文的时候,我在他的一篇题为《故乡的景色》的作文中,读到了这样一句话:"河流像上吊的绳子一样弯在那儿。"

这事情发生在两年前的暑假里。这句话比"河流是地球的项链"更让我吃惊。这时候我的年龄已经到了对什么都不该惊讶的田地。这一刻我也才在忽然之间发现我家门前的那条渠儿已经荡然无存,一线浅痕时断时续在村落的房前屋后,才想起村南的河滩早已干枯成了破衣烂衫,连一窝湿润的沙地都已没有。有意地去注意那宽敞的伊河,也才发现伊河成了干裂的滩地,白色的鹅卵石上都蒙了一层厚极的灰土,问起缘由,说是上游建了一个电站,又说因为时常没水,电站一年间得有半年不能发电。

游泳差一点淹死的惊险倒是没了。

捉鱼摸蟹也不消了。

北方山区本来就少的稻田不存在了。

经常在天空凝成一个白点的鱼鹰不知去了哪儿。

有一次笔会,和天南海北的作家聚到一块,把男人女人说得乏味了,就都纯真起来,不知为何扯到了河流。有位南方的女作家,惊慌地说,她乘火车从黄河桥上跨过时,忽然发现黄河干了。一位北方的男作家听了这话不以为然,说他小时候第一次见到长江,长江水清得吓人,说现在见到长江,长江水浑得吓人。

　　又一个说:"那水里都是屎尿、垃圾。"

　　再一个说:"你到上海,喝一口水苦你三天。"

　　还一个说:"世界末日到了。"

　　这些议论未免夸张,可我儿子说的"河流像上吊的绳子弯在那儿"却是十分贴切。我曾在前年的暑假上过我家房后的山梁,那桃园已不在了,立在山顶上,看伏牛山下干枯的伊河,果然是灰灰白白一带,搁在山脚下,宛如陈旧的麻绳。再看村南的河滩,除了白茫茫一片沙灰,水是一滴也没了的,逆着枯河往上张望,河滩仍在,流水已去,不似绳子又像什么?

　　那篇儿子的作文,老师的批语是:"比喻不贴切。"我看了那批语,明白老师的良苦用心,是想让刚明事理的孩子心里有一派祖国的大好河山图。然而,这也委实让儿子为难,他没有看到如网的河流,他只看到了如网的绳索。

　　有一则深入浅出的寓言,说一个牧场的主人,除了每天牧放羊群,还不断打草编织,打草取暖,打草苫房。日渐地草场枯了,羊群散了;他也没了取暖的干草,没了可食的羊肉,又冷又饿的时候,他就拿着割草的镰刀,在牧场中心的地上乱砍乱挥,把地上砍出许多伤痕,骂着说:"你不养我,你反而害我!你不养我,你反而害我!"最后,力气尽了,就死在了荒冷的牧场。这则寓言是对我们今天河流的最好的解答。无论如何解释河流遍地枯干的原因,罪魁祸首毫无疑问是我们人类自己。分析性的警示性的文章已经发表许多,道理也十分明了。人类是最明白人类如何毁了人类自己的,可我们又总是要像牧场主一样挥舞镰刀去乱砍乱骂,以掩盖我们的过错。

过去,作家在小说中说,"河流是地球的项链"。

现在,孩子在作文中说,"河流像上吊的绳子弯在那儿"。

这种对比的警示,说明不了太多的什么,因为枯干的是我故乡的小河小流与小支,而黄河和长江,毕竟都还日夜滔滔。说"人类到了末日",实在太过骇人,但孩子说的"河流像上吊的绳子弯在那儿"怎么就不是人类的预示呢?

我们都有过这样的经历,判断自己的命运时,让小孩不假思索地说出个一二是与非。迷失方向了,问小孩说:"往哪儿走?"怀孕了,问小孩说:"是男是女?"

也许,不明世事的孩童才是最大的预言家。

女作家说:"黄河干了。"

男作家说:"长江浑了。"

孩子说:"河流像上吊的绳子。"

关于河流,其实人类并不知道该说什么为好,该如何是好。

五

关于森林——

我们绝大部分不需要依靠森林生活。所有依赖森林和林地生活的人,也几乎不是猎户。猎户从我国的人群分类中几将消失了。这是我们这个社会进展的必然结果。

森林对于我们,就是原始的林木,奇珍鸟兽,山鲜果实和比都市矿泉水更为清丽的山泉，至于那里的农民，种地亦仰仗林木生存的一部分农民，也从我们的视线风景中消失了。其实，是被我们的富足忘却了，被繁华和文明丢却了。

那些仰仗土地也仰仗森林生活的农民，应该走进我们森林的风景中来。

去年春节回家过年，亲历了这样一件事情：在早已都市化的县城里，腊月三十这天，终于飘落了酝酿了半个月的鹅毛雪片，大街上皑皑白着，行人寂寥下来，除了在门口用刷子沾着白粉糨糊贴对子的人们，已经很少再有人在街面上走动。我的哥哥在邮电局工作，邮电局正在县城的繁华地段，和县政府并肩比邻。我从哥哥家里出来，站在门楼下望着各个单位、机关、住户门前的红色对联的亮光，闻到对联的喜庆气息如桃红李白的春气一样。孩子们站在阳台上用手接着雪花，呼唤和笑声如划船时在湖面荡动的桨和水的撞击。断断续续响起的鞭炮，催逼着年三十的走去，大年初一的降临。也就在这个时候，我看见了十余个农民，老的约年过六旬，少的二十有余，他们一行儿站在县政府门前的墙下，缩着身子，在袄里袖了双手，不停地跺着双脚。在他们面前，各摆有两捆木炭，又用编织袋儿套了，从编织袋中挣出来的炭屑，被落雪染成了白色。捆儿袋儿，均匀地放在路边，如冻死的黑猪白羊。

我有些惊愕，缓缓地朝他们走了过去。

"大年三十了，还不回家过年？"

"咋的啦？一个城里人没有一家买炭。"

"各家都办完了年货，不会再有人来买了。"

"我们二十八就来了城里，两三天换了几个地场卖，哪儿人多摆哪,可除了小二卖了几斤炭,别的谁也没有卖出去。"

那叫小二的年轻人抬头朝我笑笑,又把头缩进了那和炭一样黑的袄领里。我不知道该对这些卖炭的人说些什么,默默地站了片刻,摸了摸一捆炭中露出的一支,听到了木炭焦脆的响音,又回头看看空寂的县大街,希望有人同我结伙买走一捆两捆,然而,街上除了放鞭炮的孩娃就是白皑皑的雪了。其中几位卖炭的人看出了我要买炭的意思,脸上带着寒冰解冻的喜悦朝我围了过来。

"买一捆吧,不能让我们白来一场。"

我说:"啥儿价格?"

他们说:"啥价格都行,你爱给多少是多少。"

我说:"现在没人过年烤炭了。"

他们说:"是呀。哪知道呀。七八年前来卖炭还都哄抢哩。"

我说:"那是七八年前。现在都住楼房,没有暖气的烤电炉,烤炭嫌脏了。"

他们怀疑地望着我。

"烤炭不脏呀,又没烟,又透热。"

我说:"家家户户都没有烤炭的火盆了。"

他们又相互望望,说应该再有几个人挑些火盆来,不定火盆也卖了,炭也出了手。这样说时,每人脸上都厚了遗憾,都把目光盯在一位老人脸上,仿佛那老人计划不周或阻拦了他们卖火盆的打算,直看得老人装着咳嗽把头低了下去。

我看见那低下头的老人,头顶上还生着两个疥疮。

这件事发生在 1996 年 2 月 18 日,农历腊月三十上午将近午饭时。事情的结果是我以每斤三毛钱的价格买了一捆木炭,

147

扛回去丢放在那栋暖气正热的六层楼的一角窗户下。许多人见了,用"你是不是神经有病"的目光盯着我看,然问明情况后,连他们中间也又有几人出去买了扛回来随意地扔在那儿。至尾,终于惊动了县政府,便电话通知各局、委,无论烤炭不烤炭,都必须出门把那些农民的炭全部买回去。

午饭前,那些卖炭的农民,拿着炭钱和扁担,发自内心地说了许多共产党的恩德好话返回他们的林地过年了。

这是一道关于森林和农民与现代文明的我亲历所见的故事。这些吃饭靠种地,零用靠林木的农民距县城有近一百二十里之遥,他们每家每户都住在林地之中,森林是他们世界中的一切。往年春节前,他们都运些檩条、椽子到城里卖掉,换回过节的喜悦挑着,驮着回去,近年因现代文明让人们盖房多用预制的水泥品,木材滞销了,所以他们又想起烧炭卖炭了。

这是一群新的"卖炭翁",我们在同情他们的同时,可以斥责许多东西,但是,森林把他们和现代文明的阻隔,却不是我们激越的斥责和感人的同情可以消除了的。

他们在很长时间内,将被森林拒之我们的文明之外。而我们究竟是该斥责森林还是斥责现代文明呢?

六

宅是农民最重要的财产。某些时候,在农民父母心里,和儿女同等地位。并不是说仅仅有了婚姻,就算有了家,而是说还必须有宅——几分土地,几间房子才算有了家。"家庭"一词,家前庭后,是为了强调以婚姻和血统关系为基础的社会单位,而庭的根本意思,则是房舍和院落。由此可见,有了婚姻和血统关系的一个小小团体，仅仅是有了一半家庭，而有了房舍，即宅，才是有了完全的家庭。

宅的表面，也不过就是村落某处的一块地皮和地皮上的三几间房屋，完整的宅，则还要有方方正正的一堵院落的墙。宅从黄泥小屋发展成为青堂瓦屋，从"开门见山"发展为有一方院落。直到今天突富之后的楼房和楼房下的红砖院墙，一个过程耗尽了一代代农民的毕生劳作和心血。而农民之所以这样，绝不是单单为了儿女和自己的挡风遮雨。仅仅是为了夜有宿处，盖几间泥墙草房也就是了，用不着如此地耗人心力。

首先，宅是财产，是财产的最大象征。一家穷富，被人所视，第一眼看的就是房舍。旧时房上的草厚草薄，用山草苫房还是用上好的稻草苫房，是北方农村普通家庭穷富的显著标志。姑娘寻找婆家，她父亲到男方村里，本意是去相看一下家庭，却装出一副行人路过的模样，到那宅前宅后走了一圈，抬头望的第一眼是房上用了什么苫草，第二眼是院墙是否周正，第三眼是院子内外有没有几棵大树。如果房草新新，有一股扑鼻的甜味，院墙虽是坯的，却整齐得没有一个豁口，院内又有三几棵椿树或老桐树等家常树木，这就标志了宅的上乘，表明了家庭的殷实，如此，这婚事就是男女双方未曾谋面，也就已成了八九。也正因为这样，那些做了父母的庄稼人，到了孩子该找对象的时候，是无论如何，也要千方百计地盖上几间房屋，收拾一个院落的。十五年前，谁家有三间土墙瓦房竖在宅上，就是家境内里贫寒，孩子的媳妇也易于说成。而今，青砖瓦屋，三层洋楼，依旧并不是真正为了实用，而是为了穷富的标志，为了表明穷富。这是其一。

其二，标志和表明中，较少地含了享受的意味，较多地含了炫耀的光辉。解放前许多人物，外出做官之后，荣归故里，骑着高头大马，然在回来之前，都要差人送回一批巨额银两，首先在他的生养之地盖上几所出众不凡的庭院瓦舍，然后在房子落成之日，他前呼后拥、威风凛凛地回到了故乡。房宅是他人生的第一光辉，有高大瓦屋，有前后几进的宅院，就是没有姨太，没有了官爵，他落魄之后，站在自己的房前端端地欣赏一阵，也会感到内心的充实，也会为自己半生流离或半生戎马再或半生商贾感到内心的欣慰。有一个姓宋的民国时期的少将师长，家是河南嵩县，与我同乡，他跟着蒋介石走南闯北，风里雨里，几次都差一点命入枪林，最辉煌时期，曾任两省省长，然世事多变，政坛风云不定，忽然间蒋介石对他心存有疑，一夜间使他从两省省长的位置上跌入百姓的行列。所幸宋少将在初荣时候，就不断在家扩大宅院，增砖添瓦，回故里之后，宅院已有庞大的三进和左右耳院，十几亩土地上的瓦房连成一片，形同一个乡里故宫。官虽没了，不再统领千军万马，耀武扬威，而平民回故里，他却丝毫没有失意，每天站在自己宅院的房前看看，房后看看，同儿时的穷苦小友们坐在宅里，浅饮几杯，回忆回忆当年的寒酸苦相，脸上总是挂有实实在在的美满笑意。直至蒋介石对他疑云消散，差人请他回军队出任军长，他才收起笑容，对差人说，你回去转告蒋委员长，军长、司令我都不干了，我就在我这房宅中养老了。这时候，我们已经看出，房宅不仅是宿处，不仅是财富的炫耀的光辉，而成了心灵。

宅成为心灵，就已到了宅的极高境界。说得玄奥一点，房宅到一定时候，已经不再在一块土地之上，而在一个人的心中。在房主的心中。当宅成为心灵，房子好些当然为好，但房坏漏雨也无关紧要，重要的是，宅可宿灵。魂归何处？魂归故里。故里最为具体、最为实在、最牵动人心的就是他的宅了。军长、司令、两省省长都无法和他的故里、他故里的宅相并而论，这宅不是他的心灵又是什么？

贵人视宅是心灵宿处，普通百姓一样视宅是心灵宿处。对富贵之人，宅在人心中，而不在土地上，对贫寒人家，人心在宅中，不在一层肚皮之内。新时期有篇小说叫《李顺大造屋》，轰动于都市的大街小巷，轰鸣于乡村的任何认字的有些微墨水的农民心里，给作家高晓声带来极大声誉，正是因为他写了心灵中的房宅和房宅中的心灵。他拂去风俗、文化、经济乃至政治的尘埃，窥到了房宅与农民心灵的关系，使他成为当时文坛乃至今日文坛极受人们敬重的作家。所幸的是，他的这种窥视，终于停了下来，否则他不知要成为一个何样的人物，是否会有一日摘取了诺贝尔文学奖的桂冠也未可知。农民之与宅第，揭开一层尘沙，委实你已看不清哪是心灵，哪是房宅。为官之人为官爵而活，商贾之人为金钱而活，军旅之人为杀戮而活，农民为什么而活？为土地和房宅。土地是难有大的变化，一亩就是一亩，旱地难以成为涝地，而宅第，以房舍为主的宅第，却有可能从泥墙变为坯墙，从草屋变为瓦屋，再从瓦屋变为浑砖到顶的楼房。当土地有可能从一亩变为两亩的时候，他继之想到的就是房舍的变更。当他有变更扩大土地的能力，而社会限制了他扩大土地的条件，他就想方设法变化他的宅第。宅第是农民的希望，宅第是农民的未来，宅第是农民之所以津津有味地生活在穷苦中的前方唯一的明灯。一个农民，终生都想把他的草房盖成瓦房，苦苦节俭，苦苦劳作，苦苦挣扎，苦苦奋斗，等他死时，瓦房盖了，他躺在房里的床上,会死得安详而意足,倘若还是草房,他会死不瞑目。宅第的主人,做生意被人坑了成千上万,他一忍说算了也就算了,至多说一句赚了那钱他能肥死不成?甚至他的女儿遭了践踏,他都有可能一忍了之。但,他房宅和邻居的一堵共用的活墙,如果被邻人讹认为是人家独用的死墙;或,邻人盖房时把根基朝他这边滚动了一尺几寸,他会为此争吵、打闹,甚至打得头破血流、丧去生命也在所不惜。有一农民告状,从 1967 年开始,直告到 1993 年,前后达二十六年之久。1993 年冬天,大雪纷飞,他最终死在通往省城的告状途中,其时六十二岁。一个人从三十六岁开始告状,告到寿终六十二岁,从生产队、大队(后来是村委会)告起,直告到省委书记办公的省委大院门前,终于倒了下来,离开了这个鲜活的人世。人死了,成了大事,省委书记亲自过问此案,派了一个调查组审理他的冤情。他告什么?原来他三十六岁时,父亲病故。父亲在临终前,把他叫到床边,拉住他的手说,东邻居家的上房后墙占了他家一墙之地,因邻居家人多势众,争了、吵了,也打了,人家还是占了,他无能要回那一墙地皮,希望儿子能讨回这一墙宅地。儿子为此,状告二十六年,终于殒命途中。调查组落实之后,情况属实,又值邻居要扒旧房,盖新房,便勒令其上房退后一墙宅地。

退宅地那天,这家农民三代十二口人,共同跪在院里痛哭,向政府人员三磕响头。

宅,最终成了农民的生命,这是宅之其三。

任何一个做过农民的人,走过农村的人,都会看到一个风俗的景观:人死了,让死人躺在门板上,那门板上铺了谷草或者稻草,死人身穿七层寿衣、九层寿衣、十二层寿衣,安详地躺着不动,被放置在一个宅院的上房正屋最中。一般人家放置三日,稍阔一些的加之天气隆冬,也许放五日七日,最不济的劳困潦倒人家,也要放置一夜一天,为了什么?宅以房为主,房以堂为上,堂以正为中,上房正中正是一个可以坐视全宅之处。"举目望庭院,回身视堂室。"人死了,在这躺上三个昼夜,对活人是最后尽尽孝心,对死人让他最后享受享受他所创宅第给他生命的安慰和焦灼,同时让他(她)记住,这是你的家,回阴间时不可错走了道路。

人死是无可挡的,但建宅是可以无限的。唯建宅第,能够最普遍地延续人的生命。《论语》使孔子长生不老,《道德经》使老子长生不老,"床前明月"使李白死而有辉,一声"长恨"使白居易人死而泪水永不干涸。然世人有谁能如李、杜?能近白翁?更不要说孔子老了。为了实实在在地使后人从中受了启发,不能诗文生命,那就修建宅第。最大的宅第建筑是秦始皇的长城。长城是巨宅之围,而秦始皇则因这围墙永生。其次是当今的故宫,故宫的辉煌,实则就是历代皇家生命的日月。就是山西著名的乔家大院,也同样不是乔家大院,不是中国建筑艺术的集成,而是乔家有头无尾的生命。这些贵人富人如此,百姓也自然把宅第同生命融为一体。每一个农乡父母,能为儿女留几间房屋,他感到死而后已,儿女们会因房屋而记住他的音容,从而使他的生命获得延续,而儿女们走进父辈留下的房屋,就想起了父辈的"业",就抓住了那逝去的生命。当儿女做了父母,儿女的儿女大了起来,父业已经破旧,他就翻新重盖,为自己的儿女留下自己的宅业,让自己的生命在那宅业中延续,让自己的儿女在那遗宅中感受自己延续的生命。乔家大院不能和长城相论,民宅不能和故宫相论,生命所延续的光辉有明有暗,但以宅诞生的动机却一模一样。一个农民把一间苫房的山草换成稻草,把稻草换成瓦片,在儿女们心中,丝毫不比府第深宅所闪耀的生命的光明有所暗淡。差别仅在于身为百姓的农民没有能力建成深宅府第,没有能力留下乔院和故宫。

我的父亲五十八岁去世,死前他为我兄弟姐妹四人在二分半的宅第里,盖了七间土瓦房,分别为三间漏雨的上房和四间狭小的厢房,我故乡人叫厦子。七间瓦房,今日去卖,难有一千五百元的价值,加上一个平顶门楼,一院从数十里外运回的铺地的红色平板石头,还有几棵树木,一个烧坏的焦窑碎砖垒成的猪圈,至多也就值两千块钱。但是,因为这些房子,却使我永远记住了我的父亲和我父亲一生的辛劳。我父亲已故去二十多年,然直到今天我所做的梦里,几乎都是那七间土房,一庭小院和我的父亲。我想这七间房子和我的父亲,只要我和我的哥哥、姐姐有一人还活在世上,我的父亲和旧宅都会和我们一样地活在世上。关于我的父亲和他一生与别的农民一样所期冀奋斗的泥房、瓦房,我仅仅为了让父亲未曾谋面的孙子——我的儿子知道这些,我也会努力去写些父亲和宅第的文字,使我的儿子或多或少地了解一些他的爷爷的生命。

当然,也有把房宅看得很淡的例子,视房宅如身外之物,如身上的旧衣旧帽,是随手可扔的物件。唐末的朝官杨玢,在故乡盖告老休闲的房宅,邻居侵占了他的宅地,家人要起诉上告,杨玢看了诉书,在背面写了四句话:"四邻侵我我从伊,毕竟须思未有时。试上含元殿基望,秋风秋草正离离。"家人看了这四句话,也就不再告状了。还有清代的张英,在故乡安徽桐城盖相府,邻人与他争三尺出路,家人写信让他出面打官司,他寄回家书一封:"千里求书只为墙,让他三尺又何妨。长城万里今犹在,不见当年秦始皇。"于是,家人让出了三尺出路。邻居看人家主动让地三尺,他也随后让出三尺地来。六尺空地,成为一条巷道,四邻人有了许多方便,也因此有了"六尺巷"的美传。杨玢、张英是都把房宅看得很淡的人,他们不是农民,压根不会把房宅视为生命,并不计划把房宅作为他们生命延续的桥梁,而仔细品味"试上含元殿基望,秋风秋草正离离"和"长城万里今犹在,不见当年秦始皇",我们会觉得内心的凄凉如从心灵上拂起的秋风落叶,他们把生命都看透了,哪还能看不透房宅?长城犹在,始皇何去?秋风秋草正离离,哪还值得一顾一堵墙和三尺地皮。可有意味的是,杨玢和张英,作为读书人,均没留下多少好的文章,作为官臣,政途也无大的建树,人们记住他们,又恰恰是因为房宅。最终的结果,他们以为生命也没多少意义,别说了那小小房宅,而在后人,又偏偏因为房宅把他们的生命延续了下来,还要再延续下去。实际上,也许他们才是最明白房宅与生命的关系哩,哪是农民呵。

乡里乡亲

一

　　远村就是远村。离山远,离路远,离镇远,离人远,离整个世界都远。远村离土地最近。远村的人,吃过了饭,嘴一擦就扛着家什下地。一肩上是家什,另一肩上挑了一对木桶,晃晃荡荡在一条小道上。有的人,一肩上是家什,拿一只手扶了,腾出另只手来,持了一枝柳条,或者随便一根柴枝,赶着面前的毛驴。毛驴身上架着两个固定好的水桶,毛驴每走一步,那桶便闪出一个起伏。人走着问些闲话,答些闲话,一个接一个,拉在小道上。男人要小便了,把家什交给相伴的另一个,转身跳下一条土埂,就响出了哗哗的声音,女人们就从他的头顶走过去。女人小便了,走得远些,到一条沟边,找了一蓬荆棘,面却是对着行人这边。

　　日头高竿时离的村子,翻过一道山梁,走进田里,日头已升至半空。在田头吸一袋烟,男人开始干活了。女人们是看男人干了,跟着干了。男人们吸烟时候,你不知道她们干了啥儿,总之也没闲着,干活的时候很专一,谁也不跟谁说话。比如在秫秫地锄草,一人两行,一锄紧落一锄,男人女人并肩,女人锄出一条蛇来,也不惊呼,只等那蛇爬了过去,再接着往前锄。男人发现女人落了后面,立起身问:

"咋了?"

"有条蛇。"

"在哪?"

"跑了。"

就如什么事情也没发生,都又弯腰锄地。到日头悬顶时候,有人在哪块地头高唤:该——吃——饭——啦——!人都陆续从田里钻出,拍拍身灰,挑着水桶到沟底一眼泉边,汲满清水,挑着回村了。毛驴是在一面草坡牧着,这时肚子吃得滚圆,驮两桶泉水极见轻松。为了不让水从桶里溅出,每个桶里都放了一把树叶。冬天无叶,就放一把干草。草和叶在桶里排筏一般起落。没有毛驴的人,他们的家什给赶毛驴的人扛了,挑一担水也不见十分沉重。在回家的路上,日头炎炎的生烟,人都懒得说话,那条小道,沉默得如一张晒干的喉咙。

夜里,一家人在院落吃罢了饭,睡觉嫌早,入屋又需点灯,就坐在院落。没有月亮,仅几粒星星,湿漉漉的黑。洗锅时丢落一根筷子,是几个孩娃帮娘在灶房门口一块儿摸了一阵,才在当凳坐的石头下面找到了。猪也喂了,鸡窝门也关了,把狗也赶到了羊圈里。静了一会,孩娃们出去了。村头那棵大树下,老人在讲瞎话(故事)。孩娃们到那树下,圈成一个圈儿,席地坐下。老人先是不讲,慢慢抽烟,待足了烟瘾,孩娃一声一声地叫够了爷,他才磕了烟灰,问说昨儿夜里讲到了哪?孩娃们告诉他讲到了哪里哪里,他沉思良久,好像是想想是不是讲到了那里,其实是想这一夜给孩们讲些啥儿,正好又和昨儿讲的续上。

大人们都是在那树下听着长大的,听厌了,不消听了,又觉得自己的孩娃傻,连那乱扯八道,都信为真的,可又阻挡不了孩娃们去听。孩娃走了,余下两个大人,干干的寂寞,相对坐着,一个吧嗒吧嗒吸烟,一个摸黑在勒一把洗锅刷子,身边放了一捆高粱秸秆。他的烟抽饱了,她的刷子也勒制成了。

他就问她:"锅洗完了?"

她说:"完了。"

他说:"把鸡窝门盖严实。"

她说:"顶了三块砖。"

又说了几句啥儿,没话了,他就到门外,去查看查看羊圈。她进屋了,摸黑把几个床铺了一遍,被子全叠成一条扁筒。再走出屋子,走出院子,月亮已升到村头。蛐蛐的叫声,由稀到稠;村后的一片林地,跟着响起了蝉的夜鸣;树前沟地,有水浸浸的草地,那里的蛙鼓,叫成一片,一下把村里灌满凉阴阴的叫声。这时候,娘就立在门口,对着村头的大树,唤她的孩娃睡觉。她的嗓音很亮,叫第一声,孩娃就已听见,却偏不答应,直等她叫了三声五声,别的孩娃提醒说,你娘叫你了,他才不情愿地应下一声,磨蹭一阵,起身走了。

跟着,又传来几声娘们的呼叫,老人说都走吧走吧,把孩娃们全都赶走了。孩娃们走时,特意记住今夜讲到了哪儿,以等明夜提醒老人。

孩娃们回来,一家人都上床睡了。月光从窗里透进屋内,能看见被窝已经叠好,不用点灯就上了床去。头挨着装了麦秸的枕头,眼睛一闭,便就睡着了。也就又过了一天。

忽然一日,从外面架进村里两根电线,要每户人家交出三块五块钱,就给各户装了电灯。通电那一夜,村里齐呼狂叫,还有老婆们坐在村头说说笑笑,笑笑哭哭,哭够了还唱。唱着唱着,就有人在村里唤,说快呀——快呀!电打死人啦——电打死人啦——即刻,一切声息都没了,又有啪啪的脚步声,急急切切流进一户人家,果然见人家的小孩死在屋里,一家人哭得死去活来。

村头的坡上,孤零零堆出了一个小坟。

谁家也不再点电灯了。摘掉灯泡,随便放在窗台上,或者抽屉里。过了些日子,发现晾衣裳的绳子断了,找来找去,没有新绳,就剪了电线,拴在两棵树上,晒衣裳,也晒萝卜菜叶子。

日子照样的过。

下地时候,扛了家什,赶了毛驴,毛驴上架两只固定的水桶。不赶毛驴的,挑一担水桶,一个接一个,拉在小道上。要小便了,男人们跳下土埂就响起了水声,女人们到沟边,找一蓬荆棘挡住了,面却是对着行人这边。

二

亲戚就是联系。在乡村没有亲戚就没了联系。

而联系就在走上。走得最繁时候,是大年初一至正月十五之间,半月光景,乡村在广泛地联系。女婿去岳丈家里,是为了人家的女儿,不去了那女儿如何肯嫁了你去。而女儿的回走,不是为了未来的公婆,是为了和对象多见一面,为了对公婆说,你家的房子怎么还不盖呀。公婆忙说盖的盖的。没有钱借着也就立马盖了。后来新媳妇和他男人就住进了那新的屋里,公婆就住进了边旁的旧房里了。

外甥当然要走舅家,初二或者初三。拿最好的礼品。因为舅有些能耐,是乡里的什么或县里的什么,也许正是一位管木材的实权。外甥去了,舅先躲着,他就在院里扫地,或到舅家田里替舅拾掇了地边。因为吃饭的时候舅不能不和外甥坐在一张桌上,他就很可怜很无奈地叫了一声舅。舅说又有什么事儿?他说想要点木材盖房,舅说房刚盖了还盖什么房呀,他说厢房,或说想在新房上加盖一层。舅叹了一口气,说早晚有一天会因为你们家让我犯了法的。外甥不言,很可怜的样子。然外甥离开了舅家,一路上唱个不停。有了这几立方计划内的木材,高价卖了,赚的钱就可再去做那赔过一次钱的生意了。

侄儿侄女要去姑家。姑的日子可怜,都不愿去是因吃得不好,压岁钱又少。可父亲跺了脚,也许摔碎了碗。侄儿侄女去了,父亲在儿女手里塞了一个包儿,让没人时候给姑,交代说千万不能让姑家的表哥表弟知道。那包儿里是钱,几十甚或上百,是父亲偷偷给姑的零用。那是他们姐弟的情分,侄儿侄女受了感动,决心长大以后彼此也学父和姑的样子。

最不能不走的,是干的亲戚,干爹干娘。既是干爹干娘,那就一定比干儿干女家里富裕或者权势。又富裕又权势的,开了做干爹干娘的一扇门,拥进来的干儿干女,一定不是一个,而是一队。干爹干娘特别想安排这一队干儿干女都凑在一天同时都来,一次性烧菜,一次性烦乱,熬过去这一天,就又是一年的相对的闲适。可这一队干儿干女,都不想碰到一天里,虽同是一个干爹干娘,这些干儿干女之间却没甚好的情感,彼此认识,也老死不相往来。他们都想哪一天去了,别的干儿干女都没去,只一个干儿或干女和干爹干娘在一起。于是,掐时间,算日子,去了却还是碰到有别的干儿干女,想说的话儿不能说,想求干爹干娘办的事儿不能办。隐藏了失落,笑着离开干爹干娘家里。一路上盘算下年来走亲戚的最好日子,忽然觉得下年自己最晚一个来。你们都来过了我来。可下年来了,因为太晚,干爹干娘忙别的去了,也忘了还有一个干儿干女还没来过。家里没人,干儿或干女就坐到干爹干娘家新盖的豪华的门楼下,直等到日西光淡。

彼此要好的朋友也是要提着礼篮,带着孩子在初一至十五之间,哪天闲了不期而至地去走走瞧瞧。山不转水转,明年盖房子就该找朋友们帮工去了。就是不盖房子,谁家能短缺红白喜事?不靠朋友你靠了谁人?

一定要联系的,一定要来回走动的。不联无系,不走无亲。联着联着,走着走着,一个村庄就扯扯拉拉都成了亲戚。这个村庄和那个村庄就家家都有了牵扯。于是,一道山脉,一个乡镇,还有山脉与山脉之间,乡镇与乡镇之间,就都连成了一片。所以,农村人见了农村人,就显得格外的亲,说咱们都是从农村出来的。如果再是一个省,一个地区,那就更亲啊,老乡啊。但说到同一个地区就不能再说了,说下去,若是同一个县或者同是一个乡,十有八九,原来还是亲戚。

亲戚就是联系,联系上了就是亲戚,农村是一张网哟,谁都在这网上联系着的哟。

三

北方农村称串门为串门子。

串门子不是风俗。风俗有一定的地域性,带着地域文化而成为地方特色或历史遗迹。串门没有地域。中国人、外国人、南方人、北方人、古人、今人、城市人、乡村人,只要有邻里的存在,就有串门的存在,只不过串门的目的和频率略有不同罢了。

今天的都市，串门的频率日渐低落。一幢楼里，楼上楼下，左右邻居，门前屋后，相处三年五载，互不来往，不知对方在哪单位上班，姓甚名谁，是很正常的事。这种串门的消失，缘于社会的发达，一个家庭已经能够构成一个独立生活的空间。厨房、厕所独立使用成为串门消失的第一步，继之的洗澡间、电视、电话等进入家庭，使这个家庭已经基本可以和邻居老死不相往来而独立生活下去。加上经济日渐的宽裕，每个家庭都可以独立购置生活必需品，而不需要借东掏西，到此，串门就没有必要了，就如煤油灯、打火石、尿罐子、熏蚊的艾绳一样从居民百姓中间消失了。

串门依然在农村存在，绝无消失的迹象，这原因除了农村的住居和生活节奏及地理环境永远无法和都市并肩以外，重要的是串门是农民精神生活的一个部分，是农民相互传递信息的一个方式。在孤僻偏远的村落，人们生活在缓慢如凝死的生活节奏中，日出而作，日落而息，串门子聊天才把彼此间沟通起来。张家长，李家短，天旱雨涝，丰收歉收，对世事的评估，都要靠串门子说闲话才能发表出来。事实上，串门子是乡村生活的一种"报纸"形式，乡村新闻和乡村文学在农民头脑中酝酿之后，成熟与不成熟，都要靠串门子进行投稿刊登。闷热的夏天，张家的女人到了李家。说说男人，说说公婆，说说和另一邻家的矛盾，把城里人看来不值得的欢乐慷慨地分给对方一半，也把积郁凝结在心中的苦闷发散出去一半；男人们相互串门，坐在一起，兴趣所至，把劣质烟抽得云天雾地，把春种秋收和对时势的不解，说得云山雾罩。如果双方脾性相投，又有风雨难处，串了门子，就是那么闷头一坐，彼此间沉默得海深水长。一个时晌不见有丁点言语,到饭时,村街上唤他吃饭的叫声悠然深长,拖着黄昏的最后一抹日光,传到房檐下时,一个站了起来,另一个说你在这儿吃饭算了,那个答说我吃过饭再过来串门。这就别了,并不像都市别时客气地说声再见,却极有可能三年五载不再见了。而他们不说再见,顿饭工夫之后,就又果真串上门来,再次见了。乡村里男人串门,不如女人串门那样话如雨注。女人往往是直接为了说话才去串门的。而男人更多时候不是为了说话,而是为了事情。但共同的一点,串门最重要的目的之一,就是为了排遣。排遣欢乐,排遣孤寂,排遣郁闷。串门一踏过门坎,进入了排遣,它就成了乡村的精神生活,成了文化生活。这种为了维护精神平衡的文化生活,是乡村文化生活最为重要的形式之一,绝不仅仅是为了借个东西,还个南北,绝不仅仅是因为生活空间的狭小而随意地走动,正因为这样,串门子在乡村只要一日没有乡村都市化,它就根深叶茂,青枝绿叶,不会枯萎和消失。

　　串门子源于何时是不消探究的,因为今天我们看到的任何动物都有串门或群聚的活动,由此我们已经可以推断串门作为一种活动,自然从人类祖先的出生开始,串门便随之存在。而作为一种维持人类精神平衡的文化生活的存在,这种串门活动有了更新的高一级的意义则是人类文明的发展。但是,串门子的消失或相对消失,虽然还为时尚早,但毕竟已经在人类的人工天堂上开始出现。凡是已经开始消失串门活动的都市,这种串门便成了都市现代化的最好民间量具,消失的程度,科学地标志了这个都市繁华的程度。透过已经看到的现代人生活的曙光,中国许多乡村,已经开始了都市化的住居和生活方式,串门子的意义已经退减下去。这是乡村的幸运,是农民命运中空前的转折。

然而,如果串门从乡村生活中消失殆尽,农民彻底不依靠串门来弥补精神生活的空缺了,我们为农民庆幸,又能不为遍地都市繁华而悲哀吗?

好在那一天还十分遥远,尤其在我们东方的这块黄褐褐的土地上。

四

世间最耐得岁月折磨的,是乡下人的日子。日子过到春三月,慵懒入了天堂。这时候,邻了溪边的村落,户户都到水沿上垦出三行二畦的田地,种了菠菜、芹菜、韭菜,还有别的青菜。垦不出田的,用麻袋装了二升黄豆,到水边沙地埋下,七朝八日一过,便是翠生生一麻袋豆芽。如此,户户人家都有了菜吃,便不需相互偷了,少去很多吵骂。然他们种菜,却不是为了自吃,是为了卖人。都是染了时势的影响。卖菜也不全是为了赚钱,为了人的日子。人不围着钱转,是围着日子转儿。卖钱也是为了日子。日子永远是人生在世间的一个中心。

这里距镇子远,有二十里,或者三十里。天尚早时,日头还窝在哪条沟里,村落朦胧着,有个男人就起了床,挑着担子,拿上镰刀,到菜地割了他种的韭菜。韭菜很旺势,一筷子高的小麦般排在畦里。星月下了,日没上来,地上和空里满是昏黑,人走路都要扶着路边的墙壁。他看不见路,却能看见割韭菜,喳喳唰唰,每一镰都贴着地面,露出的菜茬又和没露一样。待一畦完了,天边就写了亮色,白白淡淡,仿佛一湖碧水悬在那儿。他直起腰,伸伸胳膊,将镰戳在地上,到水里洗菜去了。

一切事情都做得很见规矩,很有条理,从割到洗至装筐,没多费一丁点儿工夫,也没多出一丁点儿力气,连戳在地上的镰刀,也是洗最后一捆韭菜时,从田里捎回河边的,连一步冤枉的路也不走。可见,他做这些事情,不是几朝几日。挑着韭菜上路的时候,正好迎了日出,便一脸光色,紫紫艳艳。山梁上行人不多,偶有几个赶集的乡人,都是拿了卖货,或赶了要卖的猪羊。专程去镇上购买的,一般要等卖者都到时才步入集市,一家一家挑选。他这么起早上路,是为了到菜市占一席好地,比如占了繁闹的十字路口。路边的麦田,青苗已经硬了腰杆,麦叶也朗朗地翘了起来。水珠晶莹在叶上,担了很重。他走得很快。日光亮得花眼。他便将头勾着,只看脚下一片。麻雀一群一群从头上飞过,啁啾啁啾,如汩潺的河水。他只管走路,过一阵将担子换个肩膀,拿袖子抹去脸汗。日头升了多高,过了几处村落,全然不知。可他走着走着,却突然停下了,待着不动,盯着面前的一处脚地。脸上的紫艳没了,是一层淡白的蜡黄,汗也凉津津地落下,身上生出一层冷意。

他的面前横了一条蛇。

小青蛇。

筷子一样长,小指一般粗的小蛇,身上有黄金斑点,直直地卧在路的当央。他看着那蛇,跺了一下脚,那蛇抬头乜他一眼,仍是不动。他说你走开不走开?不走开我就打死你!那蛇往前爬了一段,又卧下不动了,却横得梗在路的中央。

路很宽,他本可以从边上走过,或跳到边上田里绕去,他也想到了这层,然往边上搁去一眼,看见一片坟地,这边又是条深沟,他便不做绕道之想了。撂下担子,抽出扁担,举过头顶,他说:你走不走?不走我就打死你!

蛇抬起头死死盯着他的扁担。

走开！他又猛一跺脚，把扁担举得更高。

蛇反而把头低落下来，枕在一根柴上，看也不再看他，很不屑的。

他举了一阵扁担，胳膊酸了，也就放下了胳膊，极长地悠出一气叹声。

邻午时候，日头移至村头，吊在山坡的一棵树梢。村街上满是宁静，又突然响起牛的哞叫，粗粗壮壮，各胡同都涌了牛叫的气力。这时候，他又挑着一担韭菜返回村里，累得疲惫已极，一到村头，就搁下担子歇了。有烧饭的女人从家里出来，追赶总丢掉的母鸡，见他慌忙收了脚步，问你没去镇上赶集呀。

他说你抓一把韭菜回家吃吧。

那女人狠狠抓了一把，也顾不上追鸡了，又慌忙着回家送菜。一会儿工夫，就来了好多烧饭女人，不叫哥便叫叔，他都让她们各自动手抓了一把。最后，他的女人看见邻居抱了一捆韭菜从门口走过，还对别的女人说，去抓吧，在村头。他的女人就也想抓上一把，解掉腰上围布，抢出大门，风旋到村头一看，竟是自家的韭菜。

她问：你没去卖菜？

他懒得看女人一眼，说：去了。

女人问：去了咋还在这？

他说：走了一半，路上碰上一条拦路的蛇。

女人便不吭了，看了男人乏累的脸色，担起那半担韭菜回了家去。他跟在女人身后，静默着回家，倒床睡了一觉，起床吃了午饭，出门碰上另一个男人。说吃过了？那人说吃过了。又说没去赶集？那人说他妈的，一早挑着菠菜出村，刚上路就碰到只黄鼠狼拦在路上。说完那人看他一眼，说你没去镇上？他说没去。那人说我看你的韭菜该卖了，他说我想让它再长上一集。他们便说着，信步走到哪儿，晒着日头，抽着闲烟，走起了四步石子儿棋，一直走到日落，到村里去赶集的人回来，说今儿镇上菜少，价格昂贵，小青菜五毛钱一斤还抢不到手，不到午时，满街的菜就卖空了。到此，他们相互看了一眼，起身拍打了屁股上的灰，回家吃饭去了。夕阳灿灿，落在他们的肩上。

一个日子就算过去了。

夜里，把韭菜和菠菜泅在水缸边上，不时洒水，企望五日后的下一轮集时菜能青着。这五日里，每天种地锄草，闲下就去缸边看那菜蔬，总见满眼青绿，想到了下集，重新担到集上去卖，谁知五天过去，菜外青着，内里霉烂，一提一动，满灶房弥漫臭味。便将那菜扔进门口的粪坑，沤肥去了，如此，怀了一心失落，到饭场上给村人说了，引出满村笑声，失落便一涤荡尽，又觉这五天的日子有很足的意思，跟着笑了起来，发现了日子的惬意。

五

有一方空院，很大的，除了院墙上残下几个豁口，另外都还完整。院墙是用玉蜀黍秸苫着，日久天长，秸都枯朽，沾着墙壁，下雨了，雨水在墙上挖出许多小溪。然墙又总是不塌，路过的人都说，这墙不行了，要倒了。墙却默默听着，直挺了一年又一年。

院里住了一个老人。那年给她过生日，她孩娃说她是六十七岁，孩娃媳妇说是六十八岁，为此夫妻俩吵红脖子，生日也没过好。到底是六十七，还是六十八，她自己都说不清楚了。可她喂了几只鸡,哪只鸡是一天生蛋,哪只鸡隔日生蛋,哪只鸡三日两蛋或两日三蛋,她心里都写得明白。两日生三蛋的鸡不多,她这辈子仅喂过一个,时候还在十余年前。眼下她喂了九只鸡,其中一只是公鸡,平均每天收五蛋左右。有时收六个,甚至七个,间或三个四个,并无确定。主要是有只芦花母鸡野极,早上出窝,摸摸有蛋,咕咕叫着,到残墙下啄几个虫子,从残墙的水道钻出,回时天近傍黑,肚已空了,鸡蛋不知丢进了谁家。老人将那水道堵了,它又蹬腿从豁口飞出,无论如何,不肯将蛋生在家里。

老人去找孩娃,说要他把院墙豁口垒了。

孩娃一嘴承诺,说闲下将院墙换成砖墙。

说到是能够做到的,孩娃家的日子已经很显富裕。几年前孩娃划了新宅,盖了三间楼屋,搬去住了,把娘留在老宅守院。这几年孩娃又买了一盘电磨,忙虽忙,从电磨中磨出一院砖墙,并不为难。老人去孩娃家时,用布兜了兜鸡蛋,回时那兜空在手里。老人每三日五日去送一次鸡蛋,每次都和孩娃或娃媳说那丢蛋的芦花鸡。说多了,孩娃就说:"把那芦花鸡杀掉算啦,"老人一愣,再不说了,便每天放鸡迟下一二时辰,待自己烧了饭,吃了饭,洗了锅碗,扫了门前院子,把玉蜀黍一穗两穗剥在院内,才去开那鸡窝的门扇,以为鸡们出窝便吃,饱了肚子懒得出门,也就不会丢蛋。可那芦花鸡却依然,饱了,扬扬翅膀,飞走生蛋了。也曾几次,老人放鸡时,将芦花鸡抓在手里,关入蛋窝,可它至天黑都不生蛋。放它出来,它在院里打个转儿,便旋出门外,将蛋急急生在路上。路面铁硬,它是跑着生的。未及屈腿卧那么一次,蛋就落将下来,壳破了,一地蛋黄,如新生的太阳坠在地上。

这是两年前的事。

如今芦花鸡已极少丢蛋。老人不再关它,而是放它出来,开好大门,随它去哪,老人都不舍在后,紧紧跟着,看它卧到哪儿,静坐死等,把蛋收回来。这芦花鸡丢蛋,并无一定地方,有时在东,有时在西,有时在草间,有时在田边,每一处不过三日,它便烦了,必换一新室。老人每天都为这鸡忙着,开了鸡窝门,撒了粮食,站在一边,盯着芦花鸡,等它吃饱了,从门缝挤出,摇头走去。这时候,老人跟出门来,它快她快,它慢她慢,走胡同,拐墙角,到麦场上的麦秸垛下,芦花鸡刨一窝儿,卧下了。老人就坐在麦场边上,昏黄的日光晒着她的身子,直晒得她老眼花乱,眼前有金星飞舞,那芦花鸡才从麦秸窝里出来,并不咕咕声张,悄悄走了。

老人过来,拿了那暖手的鸡蛋,也走了。

鸡极有灵性,它第二天再到那麦秸窝里,不见了头天的蛋,四下里瞅瞅,便又换了地方。或是野地的一蓬草棵,或是山坡下的庄稼地里,再或村头没人住的看菜蔬的草庵,几乎一天换一场地。有时,找不下隐处,它一早出门,过了午饭,还在村外转来转去,直转得老人肚饿头晕,似乎走不动了,它才忽然钻进垛着的玉蜀黍秸下,匆匆生下蛋来,悠悠去了。

老人终日忙在这丢蛋的鸡上。

可到今年开春,这鸡忽然不走大门了,任你把门开得怎样宽敞,门口怎样无人,它也要从院墙的豁口飞出,待老人从门里出来,它已不知去了哪儿。

老人去找孩娃,要他把豁口垒上。

孩娃说老墙不值一垒,真塌了就垒砖墙。

老人没提芦花鸡又开始丢蛋的事,孩娃也没说杀鸡的话。

如此,芦花鸡又丢了半个月的鸡蛋,老人就又找到了它。把鸡从鸡窝放出来,撒几把粮食,她就走出院子,远远立在院墙豁口的别处,过不多久,芦花鸡准从豁口飞出,脚一落地,从从容容,走出村街,到村头站上一阵,四顾无人,径直到田间机井的房里。那房里无门无窗,井水枯了,只废着一间房子,满地柴草,是生蛋的上好去处。老人第一次跟进房里收蛋,一下就收了十一个,然第二天迟了一步,那鸡从门里进去,迅即从窗里飞出,便钻进麦田不见了。

再往后,老人又找到了它的去踪,不是哪家的猪窝,就是村口旧磨盘的下面。

八月间,下了一场连阴雨,院墙终于塌了。

雨过天晴,孩娃果真用汽车买回砖来,五日的时间,高高的青砖院墙垒了起来,这老宅严严实实,风雨不进。院墙垒起那日,芦花鸡试着飞了几次,终是没能飞过;来日又飞,仍是不过;七日之后,它便不再飞了,和别的鸡一样,老老实实将蛋生在土坯垒的蛋窝。

芦花鸡不再丢蛋,老人先是一阵欣喜,腾出空来,立在门口,看看行人,看看田地,看看山坡,看看天空。看了几日,渐觉一切都是看了几十年的,并无啥好看。不看了,又闲着手脚,觉得手脚都是多余的东西,反不如每天跟在鸡后尾随着的好。

鸡不丢蛋了,她心里忽就空荡了。

可每日把院门打开,芦花鸡也不再外去,许是老了,它总是慢慢随着鸡群觅食,随着鸡群咕叫,随着鸡群生蛋。只是鸡蛋生得日渐少了,丢蛋时一日一个,不丢了三日两个,后来两日一个,再后,竟三日五日一个,甚或七日八日一个,且蛋也愈加小了,最大的也才鸽蛋一般。

秋罢时，芦花鸡死了。无疾而终，夜里入窝，早上开窝，别的都陆续跳出，唯它稳着不动，老人伸手一摸，鸡身都冰了。

芦花鸡老死了。

至年底，老人也死了。得了一场说不清的病，几服中药未及熬完，就去了那边世上。

留下空空一套院落，垒着高高的砖墙。

六

天很大，道写在天下，一端牵着太阳，一端系了月亮，弯弯绕绕，四通八达，时稠时稀地串了村落。灰尘欢腾着起来，阳光愈加显出清澈，山坡上有牧牛的孩童，嘴上插了柳笛，吹奏着追赶一团粉红。那是蝴蝶的飞。

你朝土道尽头瞩目，有一个少年向你走来，他仿佛家居太阳之中。走离太阳许久，肩上还负着灿烂。虽是背负，却因其年少，而越发身溢欢快。他在那乡道上唱歌，脚下踢着石子，还不时朝空中挥着他的拳头。身边的树木，葱绿着春色，朝他身后走去。那样一个时候，他不知道那走去的是一屏季节，没有伸手抓住什么，至多顺手揪下一叶青色，玩弄一番，丢至路边，依旧蹦蹦跳跳地走来。你遥遥凝望，为他惋惜，看见一屏春天被他穿越而过，不经意间，知了就叫在了他的头上。

太阳已显了浑浊，尘土也不再明快。山坡上的羊群，在溪边渴饮，知了的叫声，急切出烦躁。娶亲的队伍，吹奏着进了村庄。从那村庄出来的汉子，背负了老犁，到炽热的太阳下耕种。乏累时停了家什，立到山头上，揭一块肩头的皮翼，看看，说我脱壳了,被太阳晒脱壳了。把那脱皮抛向空中,穿越了它,看见太阳的恶酷,扬起鞭子,摔出一个响亮。以为能抽落太阳,太阳却在头顶依然。无奈在山坡上待着,叹下一口长气,荷犁赶牛,又上了那乡下的土道。

土道在酷烈的阳光里,火炒了样焦干,有一种煳了的黑味,苦熬着到了落日,有风习习,凉意洒落,知了却叫出最后一声,纷纷跌落入车辙。车辙的沟,深如一道道渊谷,装满了陈年旧事,跟着落下的,是枯黄的树叶,打着旋儿落在路边,在脚下,也落在老人的头上。老人举手从头上拿下那叶,看见的却是手上的老人斑点,如黑色的星星闪闪烁烁。土道在他脚下,原样儿无头无尾,回身一望,望不见了牵了太阳的那个端头,有一道灰蒙蒙的山,挡了他的视线,却隐约可见。山上有土道系着的村落,有归圈的牛羊,有卧在门口等主人归来的狗。背后的土道虽不可望尽,却知道走过了一个个的遥远,尽头已经摆在面前,紧走几步,也就完了,于是后悔当年快步走过的岁月,缓着脚步,走走停停,以求前路还会有个遥远。然步入这个风景,已经由不得你的左右。你立下不动,夕阳却向你走来。你立下不动,也无奈秋叶的零零飘落,你只能看着夕阳从你眼前急慌慌走去,攀了山崖,爬上山顶,在你眨眼之间,落山了。

你看到的,是你最初渴望的乡道的另一个尽头。

月光寒寒,使冬夜越发冷冰。一堆盆火,已经温暖不热漫长的乡道,你坐在火边,或躺在床上,或挣扎在病中,向无知的孩童讲述故事。讲得最多的是,有个少年,从一条黄土大道上走来,一路歌唱,一路喜悦。孩童们迷在你的述说中,你却老泪纵横。你透过窗子,看见月亮落了,窗棂上飞过一道浅淡的鸟影,你听见了九头鸟的叫声。在这叫声中,你一个冷惊,突然站在乡路的末端,看见了当年你踏上乡道的第一个脚痕,而脚下却是无底的深渊。入迷的孩童仰望着你,敬仰着说,讲呀,为什么不讲了?你抚摸着孩童的头,说走吧,太阳快出来了。

孩童们叹息着,留恋着你的故事,出门踏上了乡道,一路上蹦蹦跳跳。

七

世界上有许多路口,路口总是要比路宽的。

然我家房后的路口偏要窄于路。

我家门口是一条落入胡同的土道,和北方任何一个村落的土道相比,你都极难找出异样。不同的是路口。这路的北面,是我家厢房的后墙,南面是本家侄儿的门口。门口前有一棵大杨树。杨树同我家的后墙一角相对,挤出了一个路口。从西山来赶集的乡下人,通过了这个路口,才算真正入了镇子。

路口进出过千百万的人,也过了千百辆车。过人是不怕,只是那房角和杨树感到拥挤,人人总去抚摩它们。房子盖起不久,四面墙壁还极新着,唯这墙角的砖柱黑了,像剃头荡刀的布。杨树也一样,树身的周围,那三面四季青色,唯这一面四季黑亮。最怕的是过车。无论汽车还是马车,牛车还是架子车,一律偏那边一点,便撞了杨树,偏这边一点,便撞了墙角。

墙角的砖柱和杨树,总是无休无止地伤着。

有次,通过一辆拖拉机,突突的声响,把脚地震得哆嗦。黑烟也浓,喷发天上,能一时遮了日光。过那路口时,车头撞掉了墙角砖柱的一块砖,开车的脸上立马印了白色,往南一拐,车厢

又挂掉了好大一块树皮,杨叶跟着落下一片。待车过去,司机下车站到这路口,看了好一阵子,说:

"这路口真窄啊!"

我的侄儿那时年轻,从田里回来,看杨树用白亮亮一块伤疤迎他,顿时火了。丢下家什,骂了几家,便把饭场上最大的两块石头滚来,一块放在墙角面前,一块放在杨树身前,然后立在树下,双手叉在腰下,说:

"看你们以后咋从这过车吧!"

从这路口进往镇里,要短出一段路程。人总是要寻近路,走捷径的。奇怪的是,这路口更加窄了,窄得从那路口走过,总有被人卡了喉咙的感觉,可人没从路口少走一个,车没少过一辆,却再没车撞了杨树和墙角,再没人去扶抓墙角和杨树了。

不过,路口到底窄了。有个夏天,有个少年开了一辆汽车,到那路口时,试了几试,不敢过去,就下车将两块石头滚到一边。把车开过去,又把石头滚回原处,慢慢驾车走了。望那远去的汽车,父亲说把石头滚走吧,路口宽了总比窄了好过。

是父亲的话,不能不听。我和侄儿就把那卡脖的石头,滚到了吃饭场上。开始尚好,杨树和墙角一并安然,只是杨树开始退黑转青的这面树身,又日渐黑下。墙角也日趋着油亮。脏是不怕的,随它脏去。然过了不到一月,村人都到田里锄麦,回时一到路口,全皆愕然。墙角的砖掉了四块,砖柱也有了裂缝;对面的杨树,不仅揭了树皮,而且木质也被撞下一片,半个树身都被浸流的水汁湿着。

再不消去说什么。我和侄儿各从山上滚来一个牛腰一样的巨石,扔在墙角和树下,把那路口卡得更加窄小。滚完石头,便萌生一种复仇的快意,时时盼着有车撞在石上。每每有汽车、拖拉机和装满东西的马车、牛车从路口过时,去远远站下,惬意着等那车撞在石上。

可终于没有等来。

都是二十几年前的旧事。如今那两块牛腰巨石还横在墙角和树前。二十几年过去墙柱已老得没了原色,树也有了一抱粗,石下已经生满了蚯蚓和小虫,却既没见少过一辆车子,也没见有车撞在石上。没有撞在石上,就不会撞了那房墙和杨树。

想这原来,路口窄小竟是比宽阔的好。

八

清静的日子里,该收的收了,该种的播了,将粮食屯在缸内,或码在山墙下面,庄稼人悠长地舒了一口气,拍拍身上的土灰,从那尘埃中散出一股刺鼻的腥甜的气味,自语一声该洗个澡了,就宣告了一个季节的结束。

日头和暖地照着,山梁上生出灿灿的土光,一条条大道小道,摇着三三五五的人群,从四面八方朝着一个地方流动。小伙子们相伴而来,借了人家的自行车,箭一样骑在梁路上,姑娘们是不骑车的,无论多远的路,都邀上三几,走一路留一路说笑。这时候有小伙从身后追来,把车铃打得叮当清脆,大宽的路,也必要响铃,必要擦着姑娘的身子骑过,给人家一个惊吓。然当车飞过去,又忽地发现,那姑娘都是同村的人,或是有邻村的相识,猛将车子刹了,旋过头来,脸上印着通红,盯着其中好看的一位,说我带你吧? 姑娘乜他一眼,说不用,你走吧。小伙便没趣地走了,车子再不敢骑疯,也不敢骑在路的中央。还有那有家有口的汉子,拉了一辆架子车,坐了他的老母和妻小,在车上指指戳戳,教孩娃去识那白云,赏那风光。汉子一路无话,只管大步地走着。走着走着,就赶上了一位老人,在路的边上磨蹭,汉子就慢了脚步,问说哎,你去哪?老人说洗澡。汉子说上来吧。就把车停在路边,老人就上了车,一道儿朝温泉走了。

渐走渐远,看见两脉红山,如夕照血染,山上少土缺树,石们消瘦站立,露骨嶙峋,活脱似百岁而枯干的老人。再近时,也能看见山上哪个窝儿,长有一层浅草,偶生着一棵榆树槐树,无休无止地手腕儿粗细,永远地长不成材料,正疑着这山的土寡,就看见红石间间或有了凝固的山石的流质,便明白这儿多少年前,有过火山爆发,有过岩浆四溢,心中陡然一惊,又慢慢释然,明白没有那一次爆发的火山,也许也没有今天的温泉了。于是就细心地察看那山貌山势,便看见两山之间,夹了一条狭细的裂缝,三三五五的人群,都朝那裂缝去了,仿佛被裂缝吸了一样。这裂缝是一条沟谷,往深处走去,发现了几片土地,飘在红石山下,倒也棵青穗黄,有丰有减。再走,看见了沟底潺着一股水响。细细地去瞧,又见那溪水的两岸和溪床上,生出灰白的脏物,水草倒极盛,蓬勃了一沟,不断把那潺溪隐藏起来。只是那在水中的半身细草上,已被污垢严严裹了几层。这水里决然地找不到小鱼、小虾和蝌蚪,也见不到有蛙蹦,听不到蛙鼓。唯一的就是,闻到了一股浓烈的含了硫磺的怪味。闻了这味儿,那骑车的小伙骑快了,谈天的姑娘们走快了,拉车的汉子背上的汗珠稠密了。

原来温泉到了。

八九户人家的房屋挂在褐黄的山坡上,被一条土道连接着。到了沟底,斜对着三座九间老瓦房。门破了,窗失了,从那破门失窗中,蒸腾出来一股股热气,雾一样散开在空气里。这也便是温泉。乡人们不叫它温泉,而叫烫池,这生了温泉的沟,叫烫池沟;邻了温泉的小村,也叫烫池沟村。在烫池的东上方,因有了三池泉水,有了络绎的洗澡人,便有了几家饭铺,有了一个商店,有了一番繁华。到这儿洗澡的人,必然要到饭铺吃顿家常,再到商店走走,买些洗澡用品。一切都规章有序,仿佛几千年前已经安排好了的。三池温泉,南池为女池,东北池为男池,西北池为混池,谁先占了谁用,而那也是小伙们多骑车早来,总先占了混池,可最终又总被女人们占去。他们在那混池里得意忘形,打打闹闹,说一些只有男人当听的混话,似乎来温泉不是为了洗澡,而是为了一回赤身的解放。可就在这乐而开怀时候,女池人多了,就有姑娘站在窗下,背对着池水唤:“你们洗死啊,轮也轮到我们啦。”小伙们在池里先是一静,后就哄堂大笑,回出话来:“急了吗? 急了你进来,咱们一道洗。”姑娘在外听了并不真恼,却要骂一句,“你在里边烫死吧!”如此三二回合,小伙又说,急了你就进来嘛! 就果真有人进去了。是几个老婆,进去坐在放衣服的青石条上,说娃子们,你们那个东西我们见多了,说吧你们出不出? 不出我们把你们的衣裳抱走了。看见果真有人进来,泰然地望着他们的赤身,就像母亲欣赏她的男婴的小鸡儿,小伙们慌神了,纷纷跌进池里,藏严了身,露出一个个水淋淋的圆头,求告说你们出去,我们立马穿衣裳,把池子让给你们不行吗。如此,这混池变成女池了。男池开始挤不下,就轮流着一茬一茬洗。女人们松松散散,又说又笑。然无论如何,男人们是不敢去那窗下唤一声,甚至连那混池门前的路也不敢走过了。

嬉嬉戏戏,在池里泡了半晌,出来相互用砖瓦片儿搓了后背,用玻璃片儿割了脚茧,到池里一冲,也就完了。姑娘们是不用砖瓦片儿的,她们用毛巾细细擦了身子,用香皂净了一遍,拖出滴水的长发走出池子,就看见有小伙推车站在路口,二人相互看一眼,各自红润的脸上一阵燥热,男的说你洗完了?女的说洗完了,你等谁?男的一手扶着车把,一手摸着自己的脸,慢声细语,说还能等谁?姑娘就朝小伙走去。待那相邀而来的姑娘们都走出池子,日头不是正中,就是西偏,正要回走时,发现她们其中少了一位两位,饭铺商店,四处找了一遍,才忽然明白,她已经被人带走了,就众口一词地喷上几句,各怀着一份失落,快快地沿着来路走了。然这失落不会过得太久,就会被他们红光满面的青春驱赶得云消雾散,仍是撒一路说笑,全身轻快,似乎为了赶上那骑车的小伙,步子又大又急,走出这烫池沟的山口,却追上了那拉车的汉子。他的车上仍是坐着他的妻小和老母与一位别的老人……

　　二十余年戎马在外,很有年月不去光顾温泉了。那年回去替老母收秋,十余天劳累,怀着对温泉的温馨的记忆,再到温泉时,见山还是那山,沟还是那沟,路上却没了那人。半坡挂的村落,已经铺展开来,增至十余户,乃至二十户,房子也都青砖瓦舍,很有些新的气象。那三座九间的老房,也翻盖一新,高高大大,门窗齐全,房顶架设了通气散闷的天窗。唯那池子上方的饭铺和商店,房子却更加破败,房坡上生了凉荒的野草,房门上落下了红锈的铁锁。走近泉池,那门口放了一张桌子,坐着一个不说不笑的中年人,在守着池门,售两角钱一张的门票。买了门票,走进池房,显见比往年干净许多,池边上没了搓背的瓦片,青石条上没了往年的水渍,也没了对混池的争吵。同是季后清闲的日子,池内却只有三人五人,想水净人少,可洗个畅快,跳下去却猛然索味,提不起往年洗澡的兴致,问那几位为了啥儿,答说这烫池原是解放前嵩县的一个人物盖的,为民造福,立碑不收分文。现在改呀革呀,开呀放呀,这人修了房子,竟让人买两毛钱的门票,好像烫池成了他家的家财,谁还来这洗哇,我说两毛钱可以洗个舒坦,答说不在钱,而是没了往日的趣味。

听了,我似也明白,草草洗了一遍,出来仍不见有谈笑的姑娘,不见有骑车的小伙,不见有拉车的汉子,就懂了饭铺、商店门上的锈锁。独自沿着空荡荡的回路,心里便渐生了几许酸涩的失落,却又不真的懂得为了这个年月中何故的缘由,觉得身骨没有洗净。

乡村三谜

一

短暂美好的青少年时期,却是被漫长的饥饿岁月所滋养起来的。

那时候,二三十年前的那个年月,我最大的愿望是每天或者每周,再或每月能吃上一个白面馍儿,每年能吃上那么几顿饺子。为了直接实现这样的夙愿,我从读书开始,每年暑假都和我的叔伯哥儿们,从我家那个偏远小镇,到几十里外更为偏远的小姑家里去住些日子。小姑家住在浩瀚的一片梁塬之上,梁塬之上的一个叫流涧峪的自然小村。因为那儿地处山脉的深皱之间,梁田坡地较为阔宽,"革命"的硝烟也较为疏淡,农民们都还以庄稼为本,家家所屯的粗粮细粮,就是颗粒不收,也能坐吃一二年,加之小姑对我们的亲缘溺爱,在那儿几乎每天都能吃上一碗白面或豆面的蒜汁捞面条;每隔三朝五日,小姑都要给我们蒸一笼白面或黑白相间的花馍。所以,从小学到初中的暑假,我找不到不去小姑家的理由。当然,在那儿的半数白日要同我的表哥、表姐们去割割牛草,到黑豆、绿豆地里捉捉喂鸡的蚂蚱;然几乎每个夜晚,却都要踏着月色,到一户姓贾的人家里去听一些传说或故事。流涧峪这个村落,又分为"上沟"和"下沟"两片住处。小姑家住在下沟,多为王姓,听故事的去处是在上沟,多为贾姓。

往贾姓去时,要在上沟的村口经过两棵硕大的皂角老树,那皂角树的年岁,有人说是三百余岁,有人说五百余岁。总之,它有三五几人难以合拢的粗壮,树冠大得仿佛能遮住半个村落;夏天在树下抬头望日,你能看见细碎的日光在它的枝叶间全都是艳红和碧绿的光点;月夜从树下望月,能听见月光落在枝叶上那如水漫沙地的细微声响。这两棵巨大苍老的皂角树,我在我的好几篇小说中都有过或粗或细的如实记述,因为它们不仅春有可食的皂芽,夏有浓烈的叶冠,秋有满挂的黑亮皂角,就是到了冬天,它还结满两树神秘的传说。

一年四季,它都结满了如葡萄似的传说。

传说终归是一种传说,使我没有想到的是,某些时候,那些传说中的神秘,会突然地变为现实,仿佛一道灵光的再现,一切虚幻都成了实在;仿佛明明没有落雨,地上却一片雨滴的水渍,使你面对脚下的水湿,抬头仰望天空时,心有触悟,而又不能不哑口无言。那是我小学将要读满的一年夏天,我同我的一个叫书成的哥哥去小姑家里闲住,白天,割了一天牛草,夜里到贾姓家里听古,不知道那一夜他是向我们讲《三国演义》,还是《七侠五义》,横竖我们边听,边替他家剥了许多吊在房檐下的隔年玉米穗儿,回姑姑家时夜已很深很晚。月亮无影无踪,有几粒星星若隐若现在无际的天空。村落里静极,我们的脚步声沿着村街,传出村落,跌入沟崖那儿,又反弹回来紧跟在我们身后,仿佛我们的后边,总有两个陌生人不远不近地跟着我们。回头去望,又一片空寂,除了婆婆的树影和浓重的房影,其余村里什么都似乎无形无物,或见形无声。我们有些微的恐惧,那恐惧不是来自某个传说,而是来自万籁空寂的自然和自然中的深夜。山脉的峰岭退向了遥远。谁家牛棚下老牛倒嚼的声音清脆而又黏稠。原来我们熟如指缝的身边的沟壑，这时候是一条无底的深渊；而村外玉米苗生长的声响，又呈着青绿在耳边潺潺地流动。只有在这个当儿，这个环境的少年，我才突然意识到了大自然的飘逸、沉雄，无边无际的博大和无边无际的神秘。因为就这个时候，就在这短暂的刹那，我和长我三岁的哥哥走到了不知多少夜晚经过了多少次数的两棵皂角树下，我们感到了树影落在脸上的阴凉和脚尖踢着树影时的浅黑的响声，感到了从巨大树冠的每一片树叶上落逼的寒气打在我们脸上的细绒绒的汗毛上，宛如夜雾从山野的草尖上拂过一样。就这个时候，就这个一瞬之间，我们俩同时听到从皂角树上滑翔下一块"石头"，落在距我们有二三丈远的另一户贾姓门前的柴堆上。我们还听到了"石头"落在柴堆上那起伏弹动的干燥的声音。于是，我和哥哥都不约而同地紧张起来，像竞走一样从第一棵皂角树下快步地到了第二棵树下。然而，第二颗"石头"又从第二棵树上落了下来，砸在又一家贾姓院里厢厦的草房上，不仅使那草结的房坡如棚布样有起伏的弹动，且还从房坡上滚在院内，砸在院落的土地上，明明朗朗响出了坚硬与柔软相撞的声音。

我们听出那不仅是"石头"，而且有碗那么大。

我和哥哥的手不约地同时拉在了一起，彼此都感到了对方的手汗汪洋一片。而与此同时，我的背脊有一股寒气从下往上沿着脊柱蛇一样蹿动不止，头发轰隆一声全都直竖。我开始惊叫着跑了起来，在我的惊叫中，哥哥说了一句"别怕"，也同我一道迈开了疾奔的双腿。仿佛是为了对我们惊叫狂奔的回应，也仿佛正是因为我们这时的狂奔才躲过去了一场劫难。这当儿，第三颗碗大的"石头"从皂角树的上空落将下来,不偏不倚地砸在我们身后,似乎就砸在我们刚起脚时留下的那个脚印上,而且随着我们半青半紫的惊呼和飞奔的脚步,那块"石头"还在我俩身后滚着追了我们很远。

就是这样,一件来无影、去无踪的事情,一场无根无据、无因无果的经历,一段逼真而又被人认为是虚幻的记忆。我们以为我们的狂奔惊呼一定会惊动身边的邻舍和正在家等我们回去睡觉的姑姑、姑夫,可他们却谁也没有听见。仓皇忙乱地回到姑姑家里后,姑夫提上马灯到那老皂角树下寻找,却是什么痕迹也没有。第二天一早继续去皂角树下及柴堆上和那一贾姓院里查看,既没有什么"石头",也没有"石头"落下的痕印;说了我们的奇遇,村里的老人说,他们小时候也遇到过这类似的景况,也听说过这样的景况。三四十年过去了,那两棵老皂角树依然还在,我和我的书成哥哥也都还依然清晰着这段经历,和那时候的饥饿一样刻骨铭心,每当它钻过尘封浮凸在心里时候,我就把它生硬地推断是一种"虚幻"。我也只能把它说成是一种"虚幻"。

似乎只有"虚幻",才被认同是一种"情理",否则,硬要把它说成是一种"实在",那么,那三颗"石头"是从哪儿来的?又落到了哪儿?和那挂满葡萄似的挂满传说的两棵苍老的皂角树有什么关系?为什么会偏偏让我们遇上?为什么会让两个人同时遇上以证真实而又没有别的任何痕迹?这件事和寂静的深夜、空旷的山脉、神秘的自然、苍老的古树、民间的模糊记忆、少年时我们单纯的内心到底有什么对应的关系?这一切我都一无所知。我一生将一无所知。因此,我只能把它视为一种"虚幻中的实在",或"实在中的虚幻"。虚幻也好,实在也罢,对我来说,倘能把少年的饥饿喻为我成长的滋养,那么,少年时期我所听来的大量光怪陆离的传说和偶有几次不可思议的经历,无论如何都应该成为我写作的一份相对独有的营养。

二

今年二月中旬,我因故回老家有事,下了车,走到我家住的胡同口时,迎面走来了我家门前的几个姓张的熟人,大的长我几岁,小的只有八九岁的模样,他们一个个都头戴孝帽,脚穿白鞋,脸上稀薄着活人的气色。当时我心里一沉,驻足问了,才知道是我家十几年前的住房老宅的邻居的主人张桩子死了。说他死前没有一点征兆,仅仅和人说过他的胳膊疼痛、酸困,后来就突然病倒,连夜送往三十里外的县医院,未及进行任何详尽的医疗检查,他就离开了这个烦累的人世。

对于他的死,人们猜测是脑溢血、心脏病、脑血栓等等急性恶症。有限的医学知识,只能让村人们这样进行假定性的科学论断。除此之外,说得最多的,就是他留下的不足四十岁的妻子和一个十几岁正读初中的孩子及八九岁的女儿日后的生存;还有,就是有人说,在桩子死前,有人看见谁谁家的狗在他家门前有过哭泣,且把那狗哭泣的时间、地点及当时狗哭的模样,说得异常逼真,仿佛生怕人们不信。其实,人们也许不信,但似乎不该不信。就是社会发展到了今天,登上月球旅游,到宇宙里进行探秘,走入海底破疑,已都十二分的被人们耳熟能详,谈论起来都如自己的经历一样。可人们在高科技、数字化异常发达的同时,也还能不断地从电脑、电视和报纸上看到另外一类新闻和报道:某某农村一个一生喂牛的老人死前,他喂的牛滴水不进,寸草不食,待那老人死后,那牛挣脱缰绳,撞死在了石墙上。还可以看到,某某省的湖边上,突然间有了青蛙大转移,蛙叫声铺天盖地整整三日不散;某某乡村的田野上,发生了蛇们大迁徙,公路上的大蛇、小蛇、长蛇、短蛇、青蛇、红蛇,密密麻麻,致使交通堵塞数小时;某某农村的某一天,发生了老鼠、田鼠大搬家,使村头、田头的所有官道、小路上的鼠屎都如黑豆样铺了一层。而随着这些大转移、大迁徙、大搬家之后不期而至的,是人类的灾难:地震、暴雨、龙卷风。这些动物对自然灾害的预报,已经被科学界和生物学家掌握或正在掌握着其中的奥妙和联系。而动物对人的生命终结的预知和做出的某种征兆反应,到底是怎么一回事儿呢?某一种生命和另一种生命在我们肉眼看来,完全是风马牛不相及的,可有的时候,尤其在死亡降临时,会莫名地、突然地发生了联系,这又是啥儿因缘呢?

还是来说我家老宅的邻居吧。

也许是 1966 年或者 1967 年的夏天,那时我刚刚读书,刚刚开始以我自己的目光和经历来认识和判断这个世界。记得酷暑的夜晚,人们都还习惯扛上苇席,拿着蒲扇到村口的寨墙上乘凉过夜,我也常随父亲或哥哥在吃过夜饭之后,到那寨墙上或寨墙口(我家正住在寨墙的西口上)纳凉消闲,时常和邻居张二伯(张桩子的父亲)坐在一起或躺在他的席上——他总是扛去一张又大又白又光滑的苇席。可惜,因为我小,没有胆量,又怕天寒感冒,却总是不能同大人们在那路口、风口过上一个通宵。我实在不知道那是几月几日了,就有那么一夜,上半夜我还和张二伯在一张席上睡着,下半夜我回家睡了,来日一早,村人们都说张二伯遇了异事,不知啥儿动物在他头上"抓"了三下,不疼不痒,早

185

上睡醒时,头上的头发掉了三处,露出了三个和动物爪子一模一样的光痕来,像小孩儿的拳头那么大。那三个爪痕我见了。村人也大都见过呢,像狼爪、熊爪、虎爪、狗爪、豹爪或是别的动物爪。问题是像啥儿动物的爪子并不重要,重要的是那一夜在张二伯周围睡有十几个人,没有谁听见、看见或发现有啥儿动物走到人群里;重要的是,张二伯那一夜熟睡未醒,连梦都没做,来日一早那爪痕出现了,他一点不晓,毫无知觉。更为重要的是,来日人们发现那脱发的爪痕时,在张二伯的席上、席缝连一根头发、一根发茬都没有找到呢。

而最最重要的是,此后不久,张二伯过世了,和我、和村人、和那苇席、寨墙、夏夜永远地告别了。

如果说张二伯的死和那莫名的爪痕没有什么必然的关系,纯粹是槐树结苹果,既偶然又不可能有什么联系的话,那么,又过了几年,我已经十几岁了,完全可以自己判断是非时,我家老宅邻居家又发生了另外一件更为奇特的事。那天,下着中雨,村里和田野上都一片水渍,目光从雨帘中望出去,能看到十米、二十米外走动的人或者晃动的物。这样的雨天没有啥儿可大惊小怪,没有啥儿奇事异情,日常的很,平淡的很,可就在这淡而无味的天气里,我家邻居的灶房因为低矮,灌了许多雨水,他们家在用盆子往院里淘着雨水时,忽然就在灶房几指深的浅薄的雨水中,发现了一只如盆子大的河龟来。那龟在越来越少的积水里,正一步一步往灶房门口爬过去。

自然,那只大龟被捉住了。

因为那时,人们都还不太食龟,视龟为一种丑物,也就拿到街头以极低的价格卖了,换了几斤盐吃。剩下的疑问是,那只如小盆儿、大盘儿似的河龟是从哪儿来的呢？怎么会爬到灶房里灌的雨水中？没有任何人可以做出解释，成为一种无可破解之谜，在我家的左邻右舍和生产队的各家各户中传了许久，议论了许久。后来，我在《十万个为什么》的科普读物中找到了令人较为信服的解答：在倾盆暴雨的天气里，河里、海里的鱼、龟等有能力顶着密集的雨柱——如逆流而上般游向天空，等雨柱稀疏以后，会从空中落下。我没有把这种解释给我的邻居和村人们释说半句，因为比释说更为重要而又急迫、实在的问题在我的邻居家里产生了。张二娘——桩子的母亲病了，一病不起。从此，自那河龟落到她家以后，她就再也没有过往日那样健康的身体了。似乎自那时，张二娘也就没有离开过中药、西药，直到病病恹恹的几年之后，她终于在不该的年龄，以早早地离开了这个世界为尾声。

现在，刚刚过去的二月下旬，桩子又突然死去了。他只比我年长一岁两岁，儿时我们曾经每天都在一块儿。一块儿上学时拐到村外的菜地去偷人家的萝卜吃，一块儿放学时在路上下石子儿四步棋，拖延着时间不回家。我们一块儿过完了童年，一块儿进入了少年和青年，然后，我在二十周岁时当兵走了，又几年我家划了新的宅地，便和他家分开居住了。在我家新宅地上新房砖瓦的硫磺味儿还未彻底飘散时，他却在年仅四十几岁、刚入中年的时候追着他的父母走去了。当然，我不能说是因为他家门前有了狗的哭泣他才死去的；不能说是因为在那场平淡的雨水中他家有了一只无来由的大龟他的母亲才一病多年的；不能说是他父亲冷不丁儿夜里脱发、头上出现了三个爪痕才谢世的。毫无疑问，他们的死因都是疾病，都是因为医疗条件过差、不能及早发现那些可怕的病源和治疗才导致死亡的。但是，是否可以说，他们死前，都与某一种动物的奇异出现、表现有着神奇的联系呢？或者说，某一种动物早就"感应"到了他们家的灾难呢？不能说每个人死前都有动物的某种感应存在于世界上、生活中，但除此之外，乡村中还有许多李姓人死前鸡连续几夜赶不进窝，猪连续几夜赶不进圈、牛要挣断缰绳的事；赵姓人死前家燕不回家，蛇会突然连续几日出现在他家房梁上、院落里、大门口；所养的老猫会突然烦躁不安、彻夜鸣叫等等，这样一些动物的奇异你可以充耳不闻，置若罔闻，但并不说明它们的消失和压根儿的不存不在。然而，相信了这些，又如何回答这样几个问题呢？动物是以什么方式感应到人之将去的某种信息呢？它们为什么能够捕捉住这些似乎是不存在的信息呢？它们又多以什么形式来表现它们对人（人类）的某种悲哀呢（如狗多以哭泣、牛多以挣缰一样）？为什么这些奇异多都出现在乡村而不是繁闹、发达的都市里？这种奇异和大自然是什么关系呢？

记下这些事情时，我才知道，原来我在科学领域如生物、医学、自然等许许多多方面（甚至包括文学在内），我都是一个地地道道、实实在在的白痴哩。

三

如果说《古老的皂角树》是写了植物给我留下的不解之谜，《老宅的邻居》是写了动物给我留下的关于死亡的疑问，那么，还有人本身的行为也同样给我留下了一个个近似荒诞的疑团。

每一个乡村少年，在他那个年纪都必然要经过一些神怪之事，而一般人经过最多的不解，也就是"鬼附体"了：一个人死了，如有冤含屈，或在"阴间"缺衣少食、没有钱花，没有房住等等,都要从阴间来到阳间,附到哪位弱体女子或别的多疾多病者的身上去,又唤又叫,哭哭闹闹,诉说苦衷。这时候巫婆就要让鬼附体的人站到一边,自己跪在正屋中央的神像下,面前摆一个盘儿,手拿三支筷子扶在盘里说:"某某某,是你从阴间回来了,你就站起来。"这时巫婆手离筷子,那筷子便轰然地倒下来。于是,巫婆又扶直了筷子,换一个死者的名字说着同样的话。待那筷子再次倒下了,她就再次扶起来,再次换一个死者(尤其是那些刚死过的人最为优先),再次说着那样的话。如此三番五次,惊天动地、令人毛骨悚然的事情发生了——那三根红筷子竟莫名其妙地直立在了盘底上。

接下来,那些围观者和对迷信不屑一顾者都屏住呼吸了,任由那巫婆说三道四,说某某某,你刚走没多久,你回来干啥呢?是有啥冤屈还是缺啥短啥呢?这当儿那被"鬼附体"的便不再哭闹,说话时变得既冷静,又有条理,不断地替死者诉说他(她)的不白之冤,或者替死者诉说他(她)在阴间天冷了没有衣服穿,赶集时没有钱花,如此等等一阵之后,烧下一堆冥钱,许下一些愿望,便打发那鬼走了,那筷子也就无力地倒了下来。这时,被鬼附体的人明明白白成了正常人,问他或她(多半是她)刚才发生过什么,他或她竟浑然不知,连刚刚说过的话都忘得一干二净。

"鬼附体"的事情是决然不可信的,但那红筷子在盘儿上的直立我却不止一次的亲眼目睹。小时候因为那筷子的站立,便相信了鬼附体的确切,随着年龄的增长,不再信了鬼附体的事情,却始终没有明白那三根筷子如何会站直在光滑的盘上。疑心那是一种魔术,千方百计设法破解,却始终没有解开。我家三婶太善于此道,也从来相信于我,几次询问她都否认了那是魔术的说法。我明白被鬼附体者疾病痊愈是一种心理暗示，但筷子的直立却不知是因了何故。

因为筷子的直立，似乎证明了灵魂的确实存在，如果筷子直立是一种魔术，那么，灵魂存在就是一种无稽之谈。最近看了一本译作，是介绍西方发达国家如何研究、证明灵魂存在的书，其中还谈到日本如何用电脑从刚刚死去的人身上捕捉到了"灵魂"的信息，看完之后也就真正明了"天方夜谭"的含义了。换句话说，那是一本高科技时代西方新版的《天方夜谭》。但是，几年前，我的故乡也有类似于"天方夜谭"的故事在发生（或者说在流传）。那年夏天我回老家探亲，碰到一个同村的乡人，男，将近四十岁，长得异常瘦弱矮小，特别偏信神怪之事。他告诉我他在我回家的前些天落日时分，因为在山梁上干活，视野辽阔，偶然抬头，看见天空中有一队宫廷人马由东北方向朝着西南方向浩浩荡荡开拔而去，说队伍中有辚辚华贵的马车，有萧萧行走的马队，有宫女五彩的服饰，有丫环高举的扇巾。说那队伍有半里长短，走了很长时间还隐隐能见队伍行影。他的这种说法，使我想起古装电影和古装电视剧中皇上或太后出行的豪华场面。因为我知道他没啥儿文化，是一个常被迷信所惑的人，是一个坚信自己能看到另外一个世界、又为别人看不见那个世界而对他从不相信所苦恼的人。因此，他姑妄说之，我姑妄听之，一丝一毫都不往心上去放。然一周之后，返回时到洛阳转车，碰到我的《洛阳日报》社的一个朋友，同样说起此事，说几天前（和我的那个同乡说的时间一致）洛阳邙山那儿许多在田里干活的群众，突然看见从邙山的上空升起一队宫廷人马，车辚辚、马萧萧，无限浩瀚地朝西南方向缓缓去了，队伍长有二百米左右，行走十几分钟还

190

能看见其五彩的尾影。说当天,邙山一带的群众就不断有人来报社反映他们看见的这一奇观,希望报纸上能给予"记载",就如同记载"飞碟"的第一次出现一样,如同记载"海市蜃楼"第一次降临人间一样。而且,他们还推断出了"宫廷出行"的理由同"飞碟"出现的理由一样有据可信:之所以有"飞碟"的存在,是因为有"外星人"的存在。之所以可以在邙山岭上看见"宫廷出行"的景观,是因为邙山那儿,是历朝历代帝王将相死后的风水宝地,地下埋有无数的皇宫贵人和珍奇异物。

当然,报社是决然不会去登这些的。

当然,报社的同志首先否认了这种现象的存在,尽管你说有上百人都见到了这一奇观,可没有照片和录像为依据,你说得如何逼真,也就只能作为"民间传说",就像直到今天我们还不能彻底信服"飞碟"和"外星人"的存在一样。可与此同时,也有一些颇有文化的人依据"海市蜃楼"产生的"海光"理论,推断说"宫廷出行"也许真的存在,因为邙山脚下就是滔滔黄河,海水如果真的同日光在一定时候能映出"海市蜃楼",那么"黄河"在邙山岭下,也许处于特定的时间、地理、光线之下,会真的有"宫廷出行"的一道奇景,只是百年难遇罢了。

当然,我相信那竖直的筷子与魂魄无关,筷子之所以直立是因为魔术,只是魔术没有被我们破解而已。当然,我相信"宫廷出行"与邙山四处堆积的宫廷坟墓无关,如若这一奇观果真存在,那一定是"河光"理论的结晶。可惜,要证明这些,我们得费些时日,费些精力,尤其"宫廷出行"如"海市蜃楼"和"外星人"一样,是那样的百年不遇。

在这些没有证实、证明之前,我们就权且让它为"谜"存在着吧。

乡村文事

一

不懂画,但画展看过一些。每次走到挂画的下面,便永久地默着,因为从那画面想到的,不是思想的肤浅,就是和别人的见解截然。

春节回家,到县城去看我的哥嫂和侄女,闲下又找友人却不见,被人引至一个门里候着。进门时,看见有桌有椅,以为是单位的会客室,待左脚一入,便一身惊愕。每一次进中国美术馆时我为那建筑惊愕。每一次在中国美术馆参观画展,我为几幅画惊愕。以致后来,每次乘公共汽车,到中国美术馆前,那惊愕都会浸染上来,不敢多言。而这次候人入室,也亦然。

我被引入的不是一般客房,而是三间展厅。展厅的房子,已显出它的老相,给人以中年已过、老年将至的感觉。房上是故乡那种青色小瓦,接缝处枯了几枝柴草。从展厅内抬头,能从椽间或檩间望越房子,寻到天空。由此想到中国美术馆的典雅和富丽,雄伟和精制,惊愕便从这展厅剥落的墙壁生了出来。再看那画时,依旧不敢开口,不敢评论。我向来固执己见,以为艺术的品位,当数作画为上。一张画布、三种原色,便容了宇宙和万象;而中国画,则一页宣纸,单着墨色,即纳入了人间与千思。其次为音乐,七个音符,写尽人生各味;再次则是诗、散文、小说、戏剧和电影。所以无论何样的画，只要能展，都使我敬从心始，涌流全身。何况面前那些版画、国画，又大都是刊发过的，并在堂堂画展中得过了奖。且以我之见，选其一二，挂入中国美术馆的展厅，虽不能使人惊愕，但也绝不会让中国美术馆的牌号和建筑跌价。更何况详细去看，那画的署名，都是郭新卯三字。而这叫新卯的人，又是我的一个熟人，这就不仅使我惊从心生，而且敬从心至。

因为一个展厅，只我一二脚迹，而且引来时，不是让我参观，而是让我坐此等人，不免有种被抬起之感，觉得自己污了素洁，对不住同乡画家，不愿在那画下享受自寻的压抑和对艺术的愧疚，便看了画展，急切着起步出了展厅，走到街上。时候是在农历正月初六，大年刚过，县城还弥留着春节的繁闹。一街两岸，满摆了鞭炮和孩娃们的刀枪玩具。店铺的门窗，虽多数都还掩着，然门窗上过年的红绿，却还依然挂在。新起的鳞次的楼房和姑娘们款式考究的衣服，还有平直的街面、熙来攘往的人们，翠脆流动的谈笑，能使人感受到新的气候，隐约觉出这个县城和故乡的一种精神，感到不随季节而存的温暖。若你站在路的边上，某一商店门口的台阶，居高临下，参观电影院门口的广告，参观姑娘胸上的佩带，参观楼房的阳台，参观青年男女的对话，你会感到你置身于为时势而举办的一次画展，用通俗的眼睛去看，照样能获得一种群众的享受，而忘却刚刚突遍全身的惊愕和孤独。

我这样做了。

可我穿行在街上流动的人群中，忽然觉到了这县城的狭小。我迎面竟走来了我的熟人，在那三间展厅举办着个人画展的画家。他脱口叫响了我的名字，使刚刚失去的惊愕再次袭上身来。

他脸上堆了佛像一样的善笑,冬日把那笑晒得暖暖和和,就像雪天里亮了盆红火。

我说:"我参观了你的画。"

他说:"你回老家过年?"

我说:"真的不错,那画。"

他说:"晚上到我家吃饭吧?"

我说:"我下午就走……那画真的不错。"

他说:"你真的不去我家吃饭?"

我说:"真的……那画第一眼都使我吃惊。"

他说:"你能到我家吃饭该多好。"

然后,又和我说了许多别的话。却不谈他的画和他的画展,就和我分手了。他说他要忙着晚上请一次客,出来嘱托客人,务必晚上按时到宴。说他妻子还让他快些买一斤酱油回去。说见到我心里很高兴,就匆匆走着别了的脚步,买酱油去了,汇入了繁闹的县城的人流,留我立在浅淡的怔里。

我想起我在中国美术馆门前一位画家对我说过的话,他说他为画而生,为画而死。说人间没有艺术,就等于世界上没有太阳。他说他誓死要做艺术骄子。我望着眼前将失的背影,在人流中搜寻那去买酱油的一个瘦肩,想:北京如果没有王府井、西单的喧闹杂乱的人流会是怎样? 没有中国一流的美术馆、图书馆、体育馆又会怎样? 及之这故乡的小城,不举办这一次画展又是怎样? 没有这位画家又会怎样?

二

北宋著名的哲学家、教育家程颢、程颐兄弟,给洛阳后人慷

194

慨留下了他们的荣誉。明天顺年间,念其二程功德,诏封洛阳以西一百三十里处的程村为"二程故里",并在程村正东一里处,建立石牌坊一座。有志载说,凡过牌坊者,文官下轿,武官下马,百姓婚丧过坊,止吹打,违者罚。

如今故里盛在,牌坊已无踪迹。依稀记得,儿时那牌坊还留下两个石柱,孤零零擎在路边,仿佛北京圆明园的陈迹。村人不称牌坊为牌坊,而叫牌楼,称那块地方为"牌楼下",既说是"楼",又说是"下",也可遥想出那牌坊当年的高大。单凭牌坊上刻有"圣旨",那建筑也就不高自高了,只可惜后人永久无缘观看那落轿下马的景况,就连那两根赤裸裸伤残的石柱,今日你再也无法谋上一面了。

牌楼下是个三岔路口,旧时繁华,今日一样的繁华,只是那繁华的滋味十分的截然。写在记忆里的牌楼下,那时候从洛阳试探着伸来一条土道,过了牌楼,岔开两支,很萎缩地去了两个方向。就在那旧路口的边上,不断有下棋的老人,他们对阵谈说,议论春秋,褒贬风尚,身边搭了草棚,棚下立了锅灶,灶边放了茶碗。铁锅里的水,永远地咕嘟嘟开着。春夏秋三季,你从那里经过,太阳烧焦在你的头上,想喝开水,尽管喝去,不收分文。有时那锅里还煮有败火的竹叶,竹叶水一碗一碗,放凉在一条凳上,倘要你拉了车子,挑了担子,到那儿准有人向你召唤,让你过去歇脚。你去了,便人至凳到,落座水来。

与这茶水棚相邻的,是几间草房下的饭铺,有卖面条的,也有卖烧饼的,无论哪样,都极其便宜,吃完了,你会以为他几乎无钱可赚,至多收回了本费。有老人领着孩子通过,孩子哭了,老人没钱,那掌柜会用夹子钳一个烫手的烧饼,送到孩子手里。

有人问路，就有人将你领到路口，指指画画一阵，最后问你清楚没？你说清楚了，他就嘱你快去吧，赶早不赶晚。那牌楼下的民风，就是这般淳朴清澈，淳朴到溢漫香味，清澈到洞穿水底，看到真正的人心也就是一圆肉团，红红的，艳艳的，如六七月的熟桃。

　　牌楼下东是伊河，邻一村落叫毛庄；西是程村，邻一山脉叫耙耧；正南是一黄土大岭，叫陆浑岭；一直向北，就是我的家乡田湖镇了。冬天的时候，山风河风，从四面卷到牌楼下。河水结出天青色的冰凌，有野鸟在河上寒寒地叫；山上岭上，黄土冻成铁块，刨柴的人，一落下，他的手被震裂了口，地上仅有一个白痕。牌楼下的庄稼地，开开阔阔伸到远处，却是一片浩浩漫漫的冷白色。天是哆嗦着冷了，赶路的人还要赶路，正愁时，便赶到了牌楼下。那儿有几间草屋，就有几堆旺火，连你脚下的路上，也似乎冒出了温温暖暖的热气。这时候，你随便走近那堆火边，都会有人忙慌慌给你让出一块地场，再把干柴架上两枝，让你烤得周身的血液都沸沸腾腾地流，且话也问得顺畅暖和，先问你从哪来，再问你到哪去，最后教导你说，天冷一般不要出门。出门一日好，不如在家千日糟。听得你连连点头，赶快释说本来不该出门的，然不出门确又不行。这当儿若是到了饭时，那饭铺依然开业，主人会来叫你吃饭，饭铺歇业，也会有人领你去到他家，吃一顿家常便饭。吃完饭，你搁下饭碗，客气不出城里人的谢谢二字，只能由衷地说，天下数你们这儿的人厚道。那村人无论男女，都是一样地憨态一笑，说山不转路转，等路过你家门口，能给一碗热汤暖身就行。

　　十岁左右，在一个冬天，曾经路过那儿，烤完火转身出屋，大雪已经飘飘扬扬,严实实封了世界。踏着积雪出门要走,从后边追出一个老人,将一顶雨帽扣在我的头上,说戴走吧,下次路过这儿捎回来。我便戴着走了,到家里满身干衣,头上冒汗。至今记得,那雨帽是竹条和苇叶织成,直径一米,四季散发着一种独特的草香。今天若不到偏僻的乡下,是已见不到那样东西了。取代它的,先是大杆的油布伞,后是现今时光的镀光铁杆的折叠伞。然二十来年过去,那草香却有退不掉的浓厚,时时地弥漫在人的心上。而今你再到那牌楼下去,热闹依然,草香和火暖却是没了。从洛阳伸来的公路,早已铺了柏油,宽展平直,强硬地穿过那早无踪迹的牌楼,分岔两支蛮横地插入两个方向,依原样形成三岔路口。不消说,那下棋的老人已经作古,茶水棚和饭铺的房子,都已成了瓦房和小楼,饭店和商品小铺林立接踵,货卡车、大客车、小汽车不息地川流。牌楼下这地名,也从人们口中相随着牌坊的失去而丢失,取而代之是一个站名,叫毛庄站。那儿上车、下车的人多,总是吵嚷一片。无论春夏秋冬,那热闹少有淡旺的季分线。然无论何人,想不付钱讨喝一杯茶水,或借一张凳子歇坐,却不是一件太容易的事,更不要说无缘由地让人请你一顿饭吃。

今天,去置身于那三岔路口的热闹里,回想当年牌楼下人情的温暖,唐时崔护那首"去年今日此门中,人面桃花相映红。人面不知何处去,桃花依旧笑春风"的诗,由不得你便油然生在脑里,因为那诗不再是写在城郊小村的柴门上,而是写满了这个世界,北京、南京、广州、上海,以至天南海北,城乡小镇和这牌楼下。再往别处思想,你还会想到李清照怀念亡夫的"今看花月浑相似,安得情怀似昔时"的句子和她的感伤。好在诗都是过去的,感伤也是李清照的。那牌坊不知塌于何时,路边的两柱石头,也都不明去向了,人们也都似乎记不得这儿曾有过一座牌坊。

"二程故里"还在,《二程全书》却很少有人研读。这是时势所使,也属必然。牌楼下的事情,也只能归属过去。

三

寺庙,作为一种建筑已经属于过去,时间对它的侵蚀令人感叹而又无奈,然作为一种文化,时间却是它价值公正的衡标,尤其是东方,尤其是中国,尤其是中原。岁月的风雨,可以使其在世间荡然无存,可寺庙所包含的耐人寻味的文化,却是愈久愈新,愈久愈健,其文化的生命力,超出人之所料。

凤岭太山寺位于我故乡田湖镇北的太山庙坡。所谓太山庙坡,也就源于太山寺;所谓凤岭太山寺,则源于那道古老的《凤凰吸牡丹》的优美传说。我家的一角责任田,恰在那传说中间。十多年前,同妻小回家看望母亲,带着他们到那儿收割豆子,曾向妻子、儿子讲述那道故事。说一只巨大的凤凰,如何在此吸了牡丹,遭了断头。从而在这儿血染山岭,至今那山岭就叫凤凰头山。凤凰头山至今还血染般红艳,有隐隐的令人惋惜的血气。妻听了一笑,三岁的儿子则捡起凤凰头上的一块干裂的红石,坐在那儿面日凝望。如果说对儿子的传统文化教育,我想这是最早的一次了。继而,我告诉他们,脚下曾经有过富丽堂皇的寺院,有过雄伟的大殿,有过林立的塔群,有过苍翠的松柏。说这寺院曾经是故乡人的信仰中心和经济文化交流中心,且其古老,大约远始于唐朝。距今已有一千三百多年的历史。说在清朝末年,这儿还曾相当鼎盛,显示了它最后的辉煌。每年四次的古刹物交大会,均为此寺而起,人山人海,招八方来客,前后左右,有洛宁、宜阳、汝阳、临汝、伊川、栾川等十余县的农人、商人光临此地。

可是,寺院终于是随时间去了,就如一只失手飞走的大雁,留在手上的是雁飞时的用力一蹬,留在心里的是无可挽回的时淡时浓的苍凉和遗憾。站在寺庙的旧址上讲述这些,我就像在向妻小和故乡唱一首优美的民间歌谣,面前是黄褐褐的土地,背后是黄褐褐的山脉,左侧是枯多于水的河道,右侧是我家居住的村落。讲述时我并没有想到什么,只是讲讲而已。几年后再回到故乡,再次同儿子去到那儿,儿子已经八岁。八岁的儿子忽然拿起一块瓦片,问我这是不是那庙上的瓦时,我感到了一种震惊,一种力量,一种不可名状的兴奋。他何以还记得那个寺庙?何以还记得那道传说?何以会捡起一块普通的瓦片而联想到太山寺院?

我想到了我自己。再也记不起是谁向我讲述过寺院,描绘过传说,是爷爷、奶奶,还是父亲、母亲?再或是我众多的哥哥、姐姐和乡亲?记不起了。但那寺院,那传说,却是永远地隐伏在我的内心。尽管我不曾亲眼目睹过那儿的桑园青瓦,不曾到那儿燃香求祈,唯一做过的,就是割草回来,坐在凤凰头山上,捡一块被凤凰血染红的干裂石,含在唇边,望着西下日色,稍作喘息之后,那块石头就沾在唇上,任你如何也拿它不下。及至石头最终离开唇后,嘴唇上的一层薄皮,已经沾在了石上。

再也没有了别的什么。

可是太山寺院,却是在我心里永久活着。是否会永久地活在儿子心里？曾听乡亲们说过，有意要修复太山寺院，钱似乎都筹集了部分，民意很有几分强烈。我想，修与不修，这本身就是乡间文化，证明了寺院不仅仅隐伏在一人心中，作为一种文化的原始和象征，同样还活在众多的百姓心里。不可以对寺院做任何褒贬，因为作为寺庙，已经不仅仅是一种建筑，而是一种永久的民族民间文化。时代给了这种文化复生的契机，也许我的儿子和故乡的许多人，将会把寺庙与传说一代代地口传下去，但却决不会如北京的故宫一样，给那么多代人造成影响。毕竟它小，毕竟它已成为无形。然而，它修复了呢？那它就会同故宫一样，成为故乡的故宫，成为故乡文化的象征，永远地影响着一代人，又一代人，使人思之有物，念之有形。

我已远离故乡，置身于北京茫茫的人海之中，为什么偏偏会想念故乡的凤岭太山寺呢？并不知道为了什么，只能哑然一笑后而黯然伤神罢了。只能怨道自己的狭隘罢了。想起一首歌中写道："涛声依旧，是否能重复昨天的故事，这一张旧船票，是否能登上你的客船。"之所以歌能广为传唱，那种伤感怀旧的情绪，在今天的时景下，怕是道出了许多人内心的所思。

但愿有形和无形的凤岭太山寺能在故乡修复起来，传将下去。

四

嵩县原是一隅穷地，土少有暄虚，山少有俊秀，水也少见清丽，然民风却始终夹裹着极厚的诚朴。所以，我为自己生长于那方天下而自慰。从军二十载，哪怕身在千里之外，心上也总敷着一层故乡的圣土。

有朋友来部队,邀我到县里各处走走,多做一些嵩县人的文字。今年回家过年,初一刚过,朋友又邀到了门上,我便随他上了车。携着风尘,一路颠荡,问说去哪,答说车村。车村我熟,是一个乡,三县交界之地,可称穷乡僻壤。

车到无路处,朋友引我下来。天很暖,太阳悬在正中,山梁一道一道横在眼前,呈出赤黄;再远处的山,高低逶迤,曲折连绵,也不见青黛,全是褐褐一片。我知道这不单是季节所致,这是家乡的原本颜色。朋友带我从坡上穿过。旱了一冬,麦苗软在黄土上,从那田里,能看见父老乡亲一张张焦虑的面影。我说这儿又要吃返销粮吧?朋友说,难不在粮上,而在路上,电上,水上。他说,几年前,全县有二十六个行政村、近一百个自然村不通车,十余万人吃水难,用电难,很多六十岁以上的老人从没去过县城。1989 年胡县长到这车村,见几个人抬头肥猪从山上艰难而下,问为啥要抬猪,答是去卖,县长这才知道这儿的山民抱小猪回家养大,就再也无法把猪赶下山了。胡县长爬上一座山,入了村落,群众听说面前站的是县长,顿时呆得无言。县长问有啥困难,村民说县长能来看我们,就没有困难了。县长说有啥要求尽管讲,几位七十余岁的老人拉着县长说,县长见过了,能再让我们死前看看咱嵩县城到底有多大,见见电灯到底有多亮,就算没白来这世上活一趟了。县长听了这话,当时便哭了……

坡上一座小村,叫三道沟。十余户人家,日光照在各家门上,对联鲜艳,字虽不工,联句都十分吉庆。可各家大门皆是掩着,大都落上铁锁。正纳闷,听见牛叫,循着声音,见有一老人在村后喂牛,老人告说,三道沟男女老少,过完初一就上山修路去了。

这几年，县委、县政府组织修了用水工程五百一十九项，解决人畜用水困难户七千九百一十四个；架设电线二百来公里，发展了三十个用电村；公路修了一百五十三公里，又有二十二个行政村通了汽车。问解决这些困难，钱从何来？说县财政紧裤腰带勒出点儿，群众从油盐罐里抠出点儿。还说三道沟村民组长张三设，从县长手里接过三千元修路款批示时，跪下磕了头……

上了山，见新修的道路几米宽，平平展展在山腰，路不是从村头向村外修，而是从六公里外的大路向村子修来。这样倒修，怕的是工程半途而废，道路一日不和村口连通，村民就一日不肯放弃修路。除了农忙，余时无论夏冬，三道沟人已经集中修了三年。我们到时，已是正午，他们老少六十余口都在路边起灶做饭。说灶，就是三块石头架一个铁锅，边上扔了修路工具，卧了跟来的狗，还有顺便放牧的羊。炊烟股股，绕在天空，被日光映出很好的色景。

告别三道沟时，村民又给我们指了一条近道，刻在崖上，得用手拉住崖壁的藤石根枝，才能擦身过去，一侧的沟涧极深极深。想三道沟人，去年腊月二十六，村里通电，满村明亮，有三个老太太激动得在村头又哭又笑，差些疯了过去。若这路一朝通了，宽敞敞的，还不知他们又要如何……

车停在陆浑岭上，太阳很近，仿佛伸手可摘。开门下车，眼前豁然一亮，顿时把我吓了！万难想到，身前身后，身左身右，那一脉脉岭梁，相互接连，全是梯田。梯田埂儿一级一级，上上下下，落落起起。田间麦苗虽干旱一冬，但有机井浇灌，也同往年一样葱绿。望着这五千亩土地连为一体的坡改梯田工程，我心似浮在浩荡的黄河水上。说前几年，嵩县紧随时势，大抓乡镇企业，却建厂赔厂，开矿倒矿，后来调整思路，改弦更张，根据嵩县"九山半岭半分川"的特点，大抓农田水利基本建设。两年多时间，完成坡改梯田、旱涝保收田、水浇田十万余亩，见沟有坝，是壑有堰，治理小流域数百平方公里，一千多个小库小坝散布于山间，硬化渠道缠结于漫山遍野。去年，又突出抓了万亩红薯地膜覆盖开发，平均每亩增产百分之六十三点三。说小小嵩县，现在是全国水利先进县、全国造林先进县，得了省红旗渠精神杯、市农田建设一等奖……还说县、乡两级领导与百姓同吃同住同劳作。阎庄乡党委书记石动军，在这陆浑岭上修梯田，终因疲劳过度，突发脑溢血，活活累死了。最后问我，那修路、引水、架线，因有作家写过《老井》，不便再写，这农田水利基本建设能写吗？

我不能说不写。我不为那些数字和奖项所动，但我被数万山民聚集一起露宿风餐，为生存、命运而战的精神所震慑。想嵩县，公元前624年，楚国国王兵伐此地；南宋绍兴十年，名将岳飞率兵收复此地；闯王李自成退兵此地……这近三千平方公里山地上的四十八万父老乡亲，离开他们，我的笔向何处去饱蘸一派激情！

朋友又告诉我一件奇事。说嵩县财政，连年是巨额赤字，县车队源源不断将邻近地区的粮食运回返销，而国家的农业发展计划，是在八五期间重点建设好一批商品粮基地县，国家每年往基地县投资一元钱，要收回三斤粮食。县长胡敬忠在1989年底进了北京，走进了国家农业部的办公大楼。

"找谁？"

"找部长。"

"有什么事？"

"申请加入国家商品粮基地县。"

"从哪来的?"

"河南省嵩县。"

"没听说过中国有这个县。"

"有。部长知道,是穷县,特贫县。"

"特贫县还想加入基地县? 是部长让你来的?"

"不是。是嵩县那些还没吃饱肚子的群众。"

"你是嵩县的什么人?"

"新任县长。"

部长出来了。以往列定的基地县,皆是中华大地上的地广土肥、物丰粮足的骨干县啊!

部长惊异了,请县长坐下。县长简明而富有逻辑地阐述了他对国家农业政策和基地县规划标准的看法,以及治理山区特贫县的思路……总之,将特贫县归入基地县投资,使他们农业发展,经济振兴,从大批吃国家返销粮,到少吃、不吃,无异于向国家上交了粮食。至尾,部长吸了县长递上的一支烟。

问:"你来北京住哪儿?"

答:"一家旅馆地下室。"

问:"地下室吃饭不便吧?"

答:"我爱吃羊肉烩面,那门口就是烩面馆。"

部长起身,紧紧握了他的手,说中国的县长都像你,那就好了,什么都好了……

县长北京三日之行,食宿三十多元钱,竟使农业部破例将嵩县的薄土归入国家商品粮基地县投资。如今,嵩县人流血流汗,不是已经有了那一望无际的坡改梯田,有了那初见成效的山区流域治理了吗？

世间万事，最怕你以诚去做。我想应该见见这位至诚的县长，五十万人民的公仆。

正月初五为小年。我家住在镇上，那热闹和繁华如对联一样贴在街面和胡同，极是醒目。初一与初五之间，是人们请来送往时候，想必县长这几日回家过年，也是忙不完、熬不过种种生拉硬扯的邀请吧！但初四下午，我与朋友还是乘车去了县长的家。相距十五公里，这山岭下的小村，与我家相比，寂寞许多。然就是这个小村，曾经震动了整个伊川县，胡敬忠他们弟兄四人，靠脱泥坯卖钱读书，竟读出了四个大学生。我踏着胡同往里走时，想县长的宅院兴许与众不同，可抬头一望，面前却是几间在这一带乡村已不多见的旧土瓦房和草房，院墙破了几个豁口，门口挖着一个粪坑。看那院里鸡猫齐全，坐着两位老人，一是年近九旬的县长的三奶，一是七十岁的他的老父，老人在艰难迟缓地包着饺子，却不见县长一家人。问起才知，胡县长的妻子颈椎骨质增生，一冬卧床，大年三十放假回来，县长一日一趟，用自行车推着妻子去看病，黄昏方能回来。我问老人，县长家孩子呢？朋友忙拉我衣襟。出来，才告诉我县长家小儿最受宠爱，偏是弱智傻呆，每每提起，老人和县长总要落泪伤心。

如此，我就更该一见县长了。

初六，县里工作人员上班，我独自一早搭公共汽车进城找县长。车再至陆浑岭上，突然抛锚，一车人下来坐在路边，等那师傅修车，竟等去两个时辰。无聊时去听同乡闲谈，说的竟也是县长，说为修脚下公路，胡县长寻钱找技术，往洛阳共跑了十七趟……想接了话题去问，来了一人唤："喂，谁急着进城，我的车上还能捎三个。"回身望去，看那司机穿了肥胖军裤。料他是当过兵的，又想到嵩县民风淳朴，便硬着头皮随他去了。

路边停了一辆小车，是上海产的"桑塔纳"。司机说，你们上吧。四个人挤挤坐到后排，一看我的身后还跟着两人，便都挤进去了。我在门边，这时才见从路边坡改梯田里走来一人，中年，矮个，短发，着普通旧服，手上提一撮带根的麦苗。司机问他，咋样？他眉头蹙结，说减产是肯定了的。司机说走吧，他便开了前门，可偏就在这一刻，颠来一个老太婆，提着串亲戚的礼篮，说让我坐坐吧，我得赶到嵩县城，去搭那开往栾川县的车。那人迟疑一下，让老太婆坐在了前座。司机扭转头来说，你们后边的下去一个。于是，我心就提了上来。车外那人却向司机摆手，说走吧走吧，我再寻车。司机不动，摇开车窗，那人转至司机面前，又说你走吧，今儿初六，去县城的车多。司机犹豫一下，脸上染着愧色，将车发动了。

车走得很快。路上我问司机当过兵吗？他说当过，在济南。又问退伍给哪单位开车，他说，给县政府，给胡县长。

被挤下车的竟是我要找的胡县长！确信了天下真是有奇有巧。觉得此当一记，便有此文。

尚姓一家人

我该为他们一家人写些什么了，做一些记录了，不然，我总是怀着不安，就像拿了人家啥儿没有付钱一样；就像是我把他们一家置于尴尬的境地，甚至，是无奈的绝境，人家却又向我躬身说了一声："对不起"或者"谢谢"一样。

真的是不能不写他们了。他们应该是每一个舞文弄墨人的邻居、同族、本家，甚或，是每一个舞文弄墨人的兄弟或姐妹。直说呢，他们是每一个能称为作家的人的真正的父母或儿女。是作家真正的骨肉和精神、血脉与灵魂。

一

他们姓尚，一家人都姓尚，住在我家房后，母亲谢世得早，儿子和父亲分开过了，孙子都已上学读书，女儿还和父亲一灶过着，也临了出嫁的年龄。这是农村的一户普普通通的人家，正正常常的人家，普通正常得和路边长的草一样。建国初合作化时他们家和我家是一个互助组；大跃进时和我家共烧一个土制的炼钢炉；"文革"时劳动实行工分制，他家、我家的人名都在一册记工本儿上；到了改革开放时期，大队改为村，生产队改为村民小组，不消说，我们两家仍然处在一个村民小组里，那些七零八碎的责任田，有好几块儿都是毗邻着。一块出工、一块收工、一块种植、一块收获是几十年的事情了。可是，有一天，是两年前的一个入秋的时节吧，天气朗朗的，村里人种上小麦后大都去镇街摆摊设点做小本生意了，去沐浴改革开放的和风细雨了。还有的，把秋蜀黍挂在檐下或楼角，便忙慌慌去市里、省会做大的买卖了。村街上有浓重的空闲，那些少数只会种地劳作、不会生意买卖的人竖在村口、饭场，仿佛牛已不在而闲竖着的拴牛木桩一样。就是这个季节，这个时候，县执法部门来了一辆警车，鸣着冷清的警笛，驶进了灌满清闲的胡同里，车头上闪转着的红色警灯的光亮，在爽朗温暖的日光里，在粗糙安闲的胡同两边的墙壁上，投下了寒瑟瑟的暗红的光，把村里的闲人，还有老人和孩娃们的脸都惊成了冰白色，眼都惊圆得枯杏核儿般大而呆滞了。

没有多久，这尚姓的父子二人被警车带走了。随车带走的还有他们父子的两支火枪。伴随着父子、火枪和警车的离去，他们一家人平静、浅淡，能够从头望到尾的命运出现了惊涛骇浪，发生难以预测的变化了，天塌和地陷轰隆一声冷不丁儿同时降在了那方改革开放二十年后有草房也有瓦房的院落里。

二

事情原是没有多大的，或者说，事情是说大则大、说小则小的。政府部门从建国后已经不知多少次下过文件，明令禁止，私人和私人住宅不能拥有枪支、大刀、匕首等与其他可称为武器的一切物品器械。在各样的社会形势中，已经几次收缴过这些器械物品。就在尚家父子被抓走的一个月前，这份盖着政府执法部门的大印的文件，又一次从政府的最高层急速地箭行到了乡村的最底层；半个月前，村一级干部也还曾经动员收缴过这些器械哩。可是，尚家父子没有把他们的火枪交出去。他们就像一

208

个孩娃舍不得把他的弹弓交给严厉的父亲一样,把他们的火枪藏起来了。

对尚家父子来说,这火枪事实上果真如一个孩娃所拥有的橡胶弹弓一样珍贵呢。我记事的时候,就常见他们父子二人扛着那长长的火枪,装上黑药粉,屯上砂粒弹,到村后的山上去"打坡"。尤其冬日,白雪皑皑,人都猫在家里烤火,或团在床上取暖,他们踏着深雪,吱喳吱喳去了,坡道上留下两串父子的足迹。到了过午,他们父子踏着深雪回来,枪管上不是挑着两只野鸡,就是挑着一只野兔。当然,他们家夜里就要改善生活了,肉香飘溢,左邻右舍的孩娃、闺女们都要近朱者赤的多些口福。这十几年来,所谓的急速发展和文明把野兔和野鸡赶走了,灭掉了。他们已经很少再能在坡梁山脉上打到野物了,时常是扛着火枪,早去晚归,空去空回。尽管这样,他们还是要在农闲时出门"打坡"。他们不做生意。他们家似乎不会经营生意。因为守着集镇,曾经在早些年试着做过,卖瓜卖菜,卖水果,卖甘蔗,和别人一样到百里之外的九朝古都洛阳进货,回到这个叫田湖的小镇上销售。事情的结果,赚钱的是人家,赔了的却总是他们。最好的时候,也不过是不赔不赚,或者略有小赚,这样一次一次地试验下来,一年一年地经验下来,他们就坚信生意是由生意人才能做的,田地是由庄稼人才能种的。他们虽然不会做生意,庄稼却总是比别人种得不弱。别人的田地若亩产有二百斤的话,他们则准有二百一十斤;别人若有五百斤,他们则准有五百二十斤。他们父子肯下力气,田头地边都不会少种一棵苗,不会让它多长出一棵草来,只是因为这儿田地过少,人均不足六分,倘若地再多些,即便他们不经商,应该说他们的日子也是能跟上群儿的,也能让宅中的日月在日子中放出许多光亮。可惜田太少呢,可惜确乎不能经营生意,可惜日子中总是有那么多的闲时需要他们熬过,这样,"打坡"就不再是为了野鸡兔儿,不再是为了改善一次生活。扛着几经修补的油黑的火枪出去,已经纯粹是为了生活中的一些乐趣,为了给人生增添一点喜悦,给最为普通的农民的生存寻一些意义,就如一些人打麻将并不为了输赢一样,一些人扭秧歌并不为了演出一样,一些人进庙烧香并不为了祈神祷佛一样,一些人看报纸并不为了关心国家大事一样,一些人学文件并不为了执法或违规一样,如孩子读书并不是为了未来,而是为了打发童年似的,如老年人看护孙子孙女并不是为了孙子和孙女,而是为了打发老年的寂寞似的,他们扛着火枪去"打坡",纯纯粹粹是为了日出和日落,为了活着和证明自己除了种地的时候也还是活在这个世界上的人哩。

他们就这样在村委会收缴器械的时候没有把火枪交出去。

他们就这样似乎理所当然地被警车带走了。

三

他们被那些执法人员裁定为罚款处理,除没收那修理比擦抹的次数还多的"枪支"外,每人罚款一万元。父子二人就是两万元。

两万元在如今好像已经不算太大的数目,尽管我家所在县还是国家级的贫困县,尽管我家居住的那个镇上还有一些人家过春节时没钱买肉只能吃一顿素饺子,可有几十万、上百万存款的人家也还是很有几户呢。我们也时常听说,某某人、某某长、某某经理因触犯了某条法律——如与小姐共枕和怒打手下的打工仔或者打工妹,被公安部门抓去了,被罚款几万或者十几万的事。常听说有人违法后为了不在那种房里过夜,一伸手就给执法人员的办公桌上拍上十万、几十万的事。钱是越来越虚了,越来越不值钱了,可对于尚家父子,两万元也还是一个庞大的天文数字哩。

然而,法律部门拘了他们父子,又罚款两万元,我想在法律的条文上,也许是有所依据的,也许人家的行为是依法行事的。可惜的是,尚家父子确实拿不出这两万元。可惜的是,在尚家的日子中,似乎就很少有过不向左右邻居借钱打发日月和治疗日常疾病的顺畅日子。当然,你不能因为没钱就可以得到法律的理解和原谅。当然,人家既然老远地开着警车将人带去了,不会因为你穷就又放你返回。执法人员在给他们传达了处罚条款之后,就让他们父子其中的一个回家借钱,限期交纳。这样,父子二人就推来推去,儿子为了尽些孝心,坚决让父亲走出那样的房屋,而父亲又说,我已是这样老迈的年龄,就是死在这里,也没有太多的惋惜,可你正当年哩,有妻有小,倘若有个三长两短,日子如何过呢? 再说,你尚年轻,出去借钱也还易些。如此,儿子就在父亲的力劝之下,在那房里住了半月,趁着一个黄昏回了家里。

借钱并不是一件容易的事情,邻舍、亲戚、朋友,能去的都已去了,能借的都已借了,半月下来,儿子也才在限期内凑出了八千块钱,送往执法部门,以期能放回父亲,可得到的回答却是,人家只能依法行事,什么时候把那一万二千元送来,什么时候才能把你父亲放回。

在另外一个黄昏里,闺女、媳妇、孙子、孙女和所有的邻舍村人,都在落日中等着去送钱的儿子,当翘首望到仍是他一个人灰溜溜地低着头入了村时,人们的心都阴沉着,没有人问他啥儿,啥儿也不消问的,只是都慌忙把头扭到一边,不使他为没有领回父亲而难堪。或者,慌忙地回身家去,把家里好吃的馍菜端来送到他饥饿的手上,慌忙地说一句无用的安慰话儿。那一夜,各户的村人都在议论着尚家的事情。那一夜,尚家的大门紧紧关着,没有人知道他们一家在那夜里说了什么,想了什么,只是到了第二天,第三天,许多天之后,都才依次地发现,尚家那个已经近了出阁年龄的闺女不再在村里出现了。

她去了九朝古都洛阳。

四

村人们不知道她去洛阳做啥儿营生,只知道她去了没有多久,就托人捎回了几百块钱。后来,每隔一段时日,都有人捎回钱来。有些时候,也从邮局往家寄钱。日子就是这样一天一天过着,冬天去了,春天来了;春天去了,夏天到了,尚家的儿子和大家一道该锄地了锄地,该施肥了施肥,该搭车去那种别样的房里探望父亲就去探望父亲。自不消说,父亲不在,妹妹不在,那两份田地他是都要替着种的,而且种得更为尽心下力。因为在农村人生就是岁月,岁月就是日子,日子总是漫无边际。于是,村人们也就渐渐地在日子中提及尚家父亲少了,且也能慢慢从尚家儿子、媳妇脸上看到了一些笑容,虽然惨淡,终归也是尚家给乡邻的一种安慰。所以,人们似乎忘记了尚家的父亲还住在那别样房里,忘记了尚家的闺女也还在一个城市做着一样营生。

终于到了那么一天,初夏将去,盛夏将至,人们都开始穿短裤、背心、打午觉盹儿的时候,尚家父子突然在村头出现了。儿子搀着父亲,就像扶着一个在医院住了多年方才大病初愈的老人。他随警车走时,还是那样高大、硬朗,走路快捷,说话气壮,可这才半年,当他从那儿回来时,人已经老得没了形样。头发全都白了,背也开始躬着,肤色上除了蜡黄就是蜡黄,脸、肩、背、胳膊、双腿,所有露在外面的皮肤,都松弛得如多皱、污腐的麻布。他已经老了。他彻底的老了,眼珠发灰,目中无光,走路颤颤瑟瑟,如竖在风中将倒未倒的一杆枯瘦的树枝。村人们见了他时,都慌忙去扶他,他对谁都是那样一句话儿:"教育娃们不要耍那火枪,又危险,又违法,一点好处没有。"他就是不断地重复着这样一句话儿回到家的。"教育娃们不要耍那火枪,又危险,又违法,一点好处没有。"这话像他在那别样的房里蹲了半年,终于悟出的一句经语,不断地这样说着,他就在人们的搀扶下、在人们的目光中,走进了他那在 1998 年还仍是草房的院落里,回到了他的草屋中。

1998 年的下半年,我又回了一趟老家。因为几天没有在街上见到尚家父亲的身影,去打听询问,才知道他得了可怕的病症,说他从那房里出来就有了病哩。说他那临嫁年龄的闺女,原来是在城市做那陪男人的事情,说她连她父亲回来,也没有回家看望。一次她的一个叔伯哥哥曾对我说,他在一个旅游极盛处的宾馆旁的一户人家见了她呢,对她说她父亲、哥哥都希望她回家里,她却不言不语,把裸着的大腿跷在二腿上,吸着纸烟,瞟了一眼叔伯哥哥,把一卷大票纸钱塞到了叔伯哥哥手里,让他把钱捎回家去。

事情就是这样。这就是尚姓一家人的命运。不知道现在那尚家的父亲还活在世上没有，他得的是一种不治之症。不知道那尚家的女儿是否还做着那样营生，还是已经回到家里。我记得几年前见她时，她还是一个见人说话就要脸红的村姑，水嫩、漂亮，依乡村的话说，宛若一棵剥了皮的葱儿。三天前，我母亲和我一样得了腰椎间盘突出症，我赶到洛阳为她检查病时，本来是要问尚家一些景况的，可母亲突然告诉我说，比我年长又要叫我叔的一个侄儿的孩娃去学习电工，被电给打死了。那个孩娃才十几岁，比我还高，我每次回家，他都叫我爷。因为母亲冷不丁儿说了这些，我就沉默着没有再问尚家的情况了。

拙笨与诚实（代后记）

我不把《走着瞧》视为一册如《徐霞客游记》那样脚行的文学录事。写游记要有不知疲倦的双脚和闲适优雅的内心。可这两样，我皆无有存。《走着瞧》只是把"某一类"散文组集起来的"主题线索"，和传统意义上的游记其实本无太多瓜葛——因为这"主题线索"，出版社和责编又觉叫"走着瞧"是甚好的书名。而我，却不以为然。争执不过，也就随波逐流罢了。

总之，写什么、怎样写，称谓什么、如何去读和怎样感受这样的老题老话，似乎于我都已无可左右了。横竖黑白，它都是我散文中用心写下的文字，半是旧笔，半是新作，"乡"的部分，写的拙笨诚实；"省"的部分，也是拙笨诚实；倒是"国"的部分，还是拙笨诚实，以为有些弃笨巧取的尝试，可在写完去读，却觉察到笨得更为浓重，如一个人从青年到了中年，年岁渐高，阅历增多，以为手脚上有了经验，结果发现哪儿哪儿，都没了从前的灵巧存在，倒是拙笨掩盖不住，愈发的鲜明突出。

也就如此而已，笨就笨去。

文不惧笨，只惧笨无诚志。

有笨存诚，不一定就是好文彩章。但笨拙和诚实结为一体，倒也不失为散文的美和境界之一。只是《走着瞧》中的大多篇什，笨而诚实，却未必境界高远，也都是庸常文字，性情随写。

然而怎样无论，我都对出版《走着瞧》这本小册的同仁朋友、责任编辑，满怀着谢意感激；对买了、读了这本小书的读者朋友，表示感激的歉疚。因为确实，我的文字，是太过笨了，太缺巧胜。这实在不如我在小说中的文字腾挪，也只能求得同仁和读者的谅情谅怀，使我在今后的散文写作中，可有进取，以求新变而诚实依旧吧。

阎连科

2011 年 1 月 31 日　于北京

图书在版编目(CIP)数据

走着瞧/阎连科著. —上海：东方出版中心，
2011.5(2018.11 重印)
　ISBN 978 - 7 - 5473 - 0335 - 1

　Ⅰ. ①走…　Ⅱ. ①阎…　Ⅲ. ①游记-作品集-中国-
当代②散文集-中国-当代　Ⅳ. ①I267

中国版本图书馆 CIP 数据核字(2011)第 065946 号

走着瞧

出版发行：东方出版中心
地　　址：上海市仙霞路 345 号
电　　话：021 - 62417400
邮政编码：200336
经　　销：全国新华书店
印　　刷：昆山亭林印刷有限责任公司
开　　本：890×1240 毫米　1/32
字　　数：150 千
印　　张：7
印　　数：5,101—10,100
版　　次：2011 年 5 月第 1 版　2018 年 11 月第 2 次印刷
ISBN　978 - 7 - 5473 - 0335 - 1
定　　价：35.00 元